COLLECTION FOLIO

Madame de Sévigné

« Je vous écris tous les jours... »

Premières
lettres à sa fille

ÉDITION ÉTABLIE ET PRÉSENTÉE
PAR MARTINE REID

Gallimard

PRÉSENTATION

Mme de Sévigné est sans conteste l'une des femmes de lettres les plus célèbres de la littérature française. Elle n'est pourtant pas, au départ, l'auteur d'une œuvre véritable, pensée et élaborée comme telle. Amie de La Rochefoucauld, de La Fontaine, de Mme de Lafayette et de Mlle de Scudéry, cousine de Bussy-Rabutin, elle n'a écrit ni recueil de maximes, ni fables, ni romans galants ou historiques, mais elle a, pendant près d'un demi-siècle, adressé des centaines de lettres à ses amis et à son entourage, à sa fille tout particulièrement. C'est à cette forme d'écriture d'ordre privé que Mme de Sévigné doit de figurer aujourd'hui parmi les écrivains les plus connus du Grand Siècle ; c'est également à la rédaction de ces lettres qu'elle doit d'être devenue un modèle du genre épistolaire, peut-être sa meilleure représentante.

Spirituelle, cultivée, loyale en amitié, charmante en société, d'humeur badine, rieuse et même « gaillarde », telles sont les qualités généralement prêtées à Marie de Rabutin-Chantal, issue d'une vieille famille de la noblesse bourguignonne, devenue marquise de Sévigné par son mariage, en 1644, avec un aristocrate breton. Le musée Carnavalet conserve d'elle un portrait de Claude Lefèbvre réalisé en 1665 ; statut social et caractère s'y affichent avec aplomb : toilette recherchée, bijoux de prix, geste élégant de la main qu'accompagne une légère moue des lèvres, regard de biais trahissant une attention toute mondaine en même temps qu'une excellente opinion de soi : « [...] votre esprit pare et embellit si fort votre personne, qu'il n'y en a point sur la terre d'aussi charmante [...]. Tout ce que vous dites a un tel charme et vous sied si bien, que vos paroles attirent les ris et les grâces autour de vous », lui écrit Mme de Lafayette. « Sa conversation est aisée, divertissante et naturelle ; elle parle juste, elle parle bien, elle a même quelquefois certaines expressions naïves et spirituelles qui plaisent infiniment », observe Mlle de Scudéry qui en dresse le portrait dans son roman *Clélie*. « Si son visage attire les regards, son esprit charme les oreilles, et engage tous ceux qui l'entendent ou qui lisent ce qu'elle écrit », note de son côté Somaize dans son *Grand Dictionnaire des précieuses*.

Les qualités prêtées à Mme de Sévigné dans la conversation, sa finesse de vue, sa belle humeur, sa grande liberté de ton se retrouvent dans sa correspondance. « Conversation à distance », la lettre s'est peu à peu imposée comme une forme de sociabilité particulière qui poursuit, complète et amplifie l'échange mondain. Le genre, mineur, a ses règles, codifiées depuis des siècles : dans la lettre, on s'informe de son correspondant, on partage avec lui les nouvelles du moment et on parle de soi ; on n'omet pas de soigner un style qui se doit d'être *naturel*, c'est-à-dire voisin, autant que faire se peut, du ton que l'on adopterait en société. Avec Mme de Sévigné toutefois, la lettre fait davantage, elle devient grand art : la maîtrise du récit adressé est remarquable, et de même le rythme de la phrase, la combinaison des idées, la diversité du propos ; tour à tour légère ou profonde, sérieuse ou drôle, sa plume va son chemin avec une vivacité exceptionnelle. Ses correspondants ne s'y trompent pas. Les lettres badines qu'elle écrit à Bussy-Rabutin (que la belle marquise, devenue veuve à vingt-cinq ans, ne laisse pas indifférent), les lettres « gazettes » qu'elle adresse régulièrement à quelques parents et amis, celles surtout qu'elle rédige pour sa fille, qui devient, à partir de son installation à Grignan, dans la Drôme, en 1671, sa correspondante principale, sont montrées et circulent. On répète les anecdotes contenues dans les lettres, on s'émerveille des portraits qui y sont faits ; avec la marquise, on rit, on s'inquiète, on s'apitoie, on s'exclame sur le sort du malheureux Foucquet, le mariage de Lauzun avec Mademoiselle, la mort de Vatel, de Turenne, de Louvois et de Condé, sur le passage du Rhin et la prise de Philisbourg, sur les amours du roi (Mlle de La Vallière, Mme de Montespan puis Mme de Maintenon), sur l'affaire des poisons et l'exécution de la Brinvilliers et de la Voisin, sur les états de Bretagne et la répression des révoltes paysannes. On dit que Louis XIV lui-même, ayant eu entre les mains quelques lettres de Mme de Sévigné adressées à Foucquet, les a trouvées « très plaisantes ».

En 1696, Mme de Sévigné meurt à Grignan, chez sa fille, où elle est arrivée plus d'un an auparavant. L'année suivante, les lettres de Bussy-Rabutin sont éditées, et avec elles des réponses de sa cousine. En 1725, quelques lettres de Mme de Sévigné à sa fille sont publiées. Sur les indications de Pauline de Simiane, petite-fille de l'épistolière, une édition un peu plus volumineuse voit le jour en 1734, suivie, vingt ans plus tard, d'une publication beaucoup plus importante qui prend la forme de huit volumes annotés : *Recueil de lettres de madame la marquise de Sévigné à madame la comtesse de Grignan sa fille.* Tout au long du XIXᵉ siècle, les éditions se multiplient. Dans des collections privées, en 1818 d'abord, puis en 1873, sont retrouvées des copies de lettres en grand nombre. Il faudra toutefois attendre 1972 pour qu'une édition considérée comme définitive, prenant en compte la totalité des textes dont on dispose et ne se limitant pas aux lettres adressées par Mme de Sévigné à sa fille, voie le jour.

Mais depuis près de trois cents ans, la réputation de l'épistolière n'est plus à faire. Cette correspondance privée, la première émanant d'une personne qui n'est pas un écrivain à avoir jamais été éditée, se voit accorder le statut d'œuvre à part entière et scelle pour longtemps le lien entre les femmes et la pratique épistolaire (pour laquelle elles seraient « naturellement » douées). Elle fait l'admiration unanime des critiques et des hommes de lettres. Voltaire salue des lettres « écrites avec liberté et d'un style qui peint et anime tout ». « Tout en lisant, je sentais grandir mon admiration pour Mme de Sévigné, se souvient Marcel Proust dans *À la recherche du temps perdu*. [...] Ma grand-mère qui était venue à celle-ci par le dedans, par l'amour pour les siens, pour la nature, m'avait appris à en aimer les vraies beautés. » Aujourd'hui encore, les lettres de Mme de Sévigné sont dans toutes les anthologies, dans tous les manuels, dans toutes les histoires littéraires, comme elles étaient autrefois dans tous les « secrétaires » et manuels épistolaires où l'on recommandait d'écrire *à la Sévigné* ; quelques-unes, véritables morceaux de bravoure, sont dans toutes les têtes : « Je m'en vais vous mander la chose la plus étonnante, la plus surprenante, la plus merveilleuse, la plus miraculeuse, la plus triomphante, la plus étourdissante, la plus inouïe, la plus singulière, la plus extraordinaire, la plus incroyable, la plus imprévue, la plus grande, la plus petite, la plus rare, la plus commune, la plus éclatante, la plus secrète jusqu'aujourd'hui [...]. Eh bien ! il faut donc vous la dire : M. de Lauzun épouse dimanche au Louvre, devinez qui ? » (à M. de Coulanges, ce lundi 15 décembre 1670).

La plus grande partie des lettres de Mme de Sévigné sont adressées à sa fille, Françoise-Marguerite, de laquelle elle est séparée pour la première fois en février 1671, quelques mois après son mariage et son accouchement à Paris. La correspondance commence dès son départ. Ce sont ces premières lettres que nous avons choisi de reproduire ici. Elles sont exemplaires de ce qui se met en place aussitôt et qui va se répéter, jour après jour ou presque, pendant vingt-cinq ans : « Au sortir d'un lieu où j'ai dîné, je reviens fort bien ici, et quand j'y trouve une de vos lettres, j'entre et j'écris. Rien n'est préféré à ce plaisir » (23 mars 1671). Les lettres adressées à Françoise de Grignan constituent une précieuse chronique de la vie du temps : anecdotes, bons mots, querelles, sentiments, remèdes, coiffures, pratiques religieuses, tout s'y trouve soigneusement consigné ; elles offrent aussi un autoportrait continu de l'épistolière justifié par un discours affectif passionné, adressé sans relâche à « la plus jolie fille de France ». Pas une lettre à la « chère enfant » qui n'exprime « l'extrême tendresse » que l'épistolière lui porte, pas une qui ne trouve quelque formule heureuse pour lui exprimer son affection, tout particulièrement au moment de prendre congé : « Adieu, mon enfant ; je ne finis point. Je vous défie de pouvoir comprendre combien je vous aime » (16 mars 1672) ; « Adieu, ma très aimable et très aimée : vous me priez de vous aimer ; ah ! vraiment je le veux bien ; il ne sera pas dit que je vous refuse quelque chose » (29 juillet 1676) ; « Adieu, ma chère enfant : je vous aime au-delà de tout ce qu'on peut aimer » (2 novembre 1679).

De son côté, Françoise de Grignan *répond*, et envoie régulièrement des lettres à sa mère. La correspondance de celle-ci leur accorde un large écho, seule manière pour le lecteur d'en deviner le contenu puisqu'elles sont pour la plupart perdues. Elle tente de la distraire du chagrin de son absence par la narration, piquante et drôle, de ce qui se passe en Provence. La marquise la conseille, l'encourage, la gronde, la surveille et s'inquiète (ainsi guette-t-elle le moindre signe de fatigue, maladie ou de grossesse de sa fille). Attachement obsessionnel, rêve de fusion, substitut, abus véritable ? Tout cela sans doute, même si le xviie siècle pense et règle autrement que le nôtre ses affections et ses liens familiaux (on en prendra pour preuve les passages où la marquise commente les liaisons de son fils). Les contemporains s'accordent pour témoigner de l'attachement de la marquise à sa fille ; ils s'accordent aussi pour trouver peu de raison à une telle affection : « [...] sa fille était son idole, écrit Saint-Simon dans ses *Mémoires*, et le méritait médiocrement. » « Madame de Sévigné, écrira plus tard Lamartine, [...] est le Pétrarque de la prose en France. Comme lui, sa vie n'a été qu'un nom et elle a ému des milliers d'âmes des palpitations d'un seul cœur. » S'il est légitime d'interroger la nature de l'ardente affection qui lie la marquise à sa fille, il ne s'agit pas pour autant d'offusquer les qualités exceptionnelles de l'ensemble produit : les lettres à Françoise de Grignan possèdent une force dans le trait et la description comme il en existe peu, elles attestent une perception aiguë de ce qui fait événement à la cour comme à la ville, elles sont enfin animées d'un rare « plaisir d'être » que s'accorde une femme qui, devenue veuve très jeune, a choisi de rester libre et indépendante.

De ce que Voltaire appelle « le siècle de Louis XIV », des mœurs de son temps et de sa classe, Mme de Sévigné demeure l'un des greffiers les plus attentifs et les mieux inspirés ; *passante considérable*, elle doit à sa fille et à quelques amis chers d'avoir suscité une infatigable envie de dire le réel à travers l'écriture de soi et d'avoir constitué, lettre à lettre, un immense tissu narratif, à l'image de sa personnalité exceptionnelle.

MARTINE REID

NOTE SUR LE TEXTE

Les lettres que nous avons choisi de reproduire ici sont extraites de l'édition de la correspondance de Mme de Sévigné établie par Roger Duchêne pour la Bibliothèque de la Pléiade (*Correspondance*, Paris, Gallimard, 1972, tome 1, p. 105-235). Notre annotation s'inspire de la sienne, minutieusement documentée ; elle se limite toutefois aux références indispensables à la compréhension et s'accompagne d'un index des personnages principaux signalés par un astérisque (à la première occurrence).

En guise de préambule, nous avons retenu deux lettres : l'annonce à Bussy-Rabutin du mariage de Françoise de Sévigné avec M. de Grignan (4 décembre 1668) puis l'annonce à ce dernier de l'accouchement de sa femme restée à Paris chez sa mère (19 novembre 1670). Suivent vingt-quatre lettres adressées à Françoise qui, pour la première fois, vient de quitter Paris pour rejoindre son mari dans le Midi ; elles ont été rédigées entre le 2 février et le 12 avril 1671.

« JE VOUS ÉCRIS
TOUS LES JOURS... »

1. À BUSSY-RABUTIN *

À Paris, ce mardi 4e décembre 1668.

N'avez-vous pas reçu ma lettre où je vous donnais la vie, et ne voulais pas vous tuer à terre ? J'attendais une réponse sur cette belle action, mais vous n'y avez pas pensé ; vous vous êtes contenté de vous relever et de reprendre votre épée comme je vous l'ordonnais. J'espère que ce ne sera pas pour vous en servir jamais contre moi.

Il faut que je vous apprenne une nouvelle qui, sans doute, vous donnera de la joie. C'est qu'enfin la plus jolie fille de France épouse, non pas le plus joli garçon, mais un des plus honnêtes hommes du royaume ; c'est M. de Grignan * que vous connaissez il y a longtemps. Toutes ses femmes sont mortes pour faire place à votre cousine, et même son père et son fils, par une bonté extraordinaire, de sorte qu'étant plus riche qu'il n'a jamais été, et se trouvant d'ailleurs, et par sa naissance, et par ses établissements, et par ses bonnes qualités, tel que nous le pouvons souhaiter, nous ne le marchandons point comme on a accoutumé de faire ; nous nous en fions

19

bien aux deux familles qui ont passé devant nous. Il paraît fort content de notre alliance ; et aussitôt que nous aurons des nouvelles de l'archevêque d'Arles son oncle, son autre oncle l'évêque d'Uzès étant ici, ce sera une affaire qui s'achèvera avant la fin de l'année. Comme je suis une dame assez régulière, je n'ai pas voulu manquer à vous en demander votre avis, et votre approbation. Le public paraît content, c'est beaucoup ; car on est si sot que c'est quasi sur cela qu'on se règle.

Mais voici encore un autre article sur quoi je veux que vous me contentiez, s'il vous reste un brin d'amitié pour moi. Je sais que vous avez mis au bas du portrait que vous avez de moi, que j'ai été mariée à un gentilhomme breton, honoré des alliances de Vassé et de Rabutin. Cela n'est pas juste, mon cher cousin. Je suis depuis peu si bien instruite de la maison de Sévigné, que j'aurais sur ma conscience de vous laisser dans cette erreur. Il a fallu montrer notre noblesse en Bretagne, et ceux qui en ont le plus ont pris plaisir de se servir de cette occasion pour étaler leur marchandise. Voici la nôtre :

Quatorze contrats de mariage de père en fils ; trois cent cinquante ans de chevalerie ; les pères quelque-fois considérables dans les guerres de Bretagne, et bien marqués dans l'histoire ; quelquefois retirés chez eux comme des Bretons ; quelquefois de grands biens, quelquefois de médiocres ; mais toujours de bonnes et de grandes alliances. Celles de trois cent cinquante ans, au bout desquels on ne voit que des noms de baptême, sont du Quelnec, Montmorency, Baraton et Châteaugiron. Ces noms sont grands ; ces femmes avaient pour maris des Rohan et des Clisson. Depuis ces quatre, ce sont des Guesclin, des Coëtquen, des Rosmadec, des Clindon, des Sévigné de leur même maison, des du Bellay, des Rieux, des Bodégat, des Plessis-Tréal, et d'autres qui ne me reviennent pas présentement, jusqu'à Vassé et jusqu'à Rabutin. Tout cela est vrai, il faut m'en croire [...]. Je vous conjure donc, mon cousin, si vous me voulez obliger, de changer votre écriteau, et si vous n'y voulez point mettre de bien, n'y mettez point de rabaissement. J'attends cette marque de votre justice, et du reste d'amitié que vous avez pour moi.

Adieu, mon cher cousin. Donnez-moi promptement de vos nouvelles, et que notre amitié soit désormais sans nuages.

2. À MONSIEUR DE GRIGNAN

À Paris, mercredi 19 novembre 1670.

DE MADAME DE GRIGNAN

Si ma bonne santé peut vous consoler de n'avoir qu'une fille[1], je ne vous demanderai point pardon de ne vous avoir pas donné un fils. Je suis hors de tout péril, et ne songe qu'à vous aller trouver. Ma mère vous dira le reste.

Mme de Puisieux * dit que si vous avez envie d'avoir un fils, vous preniez la peine de le faire ; je trouve ce discours le plus juste et le meilleur du monde. Vous nous avez laissé une petite fille, nous vous la rendons. Jamais il n'y eut un accouchement si heureux. Vous saurez que ma fille et moi nous allâmes, samedi

---

1. Marie-Blanche de Grignan, née le 15 novembre 1670. À l'âge de cinq ans, elle sera placée au couvent de la Visitation à Aix et n'en sortira plus.

21

dernier, nous promener à l'Arsenal[1] ; elle sentit de petites douleurs. Je voulus au retour envoyer quérir Mme Robinet* ; elle ne le voulut jamais. On soupa, elle mangea très bien. Monsieur le Coadjuteur* et moi nous voulûmes donner à cette chambre un air d'accouchement ; elle s'y opposa encore avec un air qui nous persuadait qu'elle n'avait qu'une colique de fille. Enfin, comme j'allais envoyer malgré elle quérir la *Robinette*, voilà des douleurs si vives, si extrêmes, si redoublées, si continuelles, des cris si violents, si perçants, que nous comprîmes très bien qu'elle allait accoucher. La difficulté, c'est qu'il n'y avait point de sage-femme. Nous ne savions tous où nous en étions ; j'étais au désespoir. Elle demandait du secours et une sage-femme. C'était alors qu'elle la souhaitait ; ce n'était pas sans raison, car comme nous eûmes fait venir en diligence la sage-femme de la Deville*, elle reçut l'enfant un quart d'heure après. Dans ce moment Pecquet* arriva, qui aida à la délivrer. Quand tout fut fait, la *Robinette* arriva, un peu étonnée ; c'est qu'elle s'était amusée à accommoder Madame la Duchesse[2], pensant en avoir pour toute la nuit. D'abord Hélène me dit : « Madame, c'est un petit garçon. » Je le dis au Coadjuteur ; et puis quand nous le regardâmes de plus près, nous trouvâmes que c'était une petite fille. Nous en sommes un peu honteuses, quand nous songeons que tout l'été nous avons fait *des béguins au Saint-Père*, et qu'après de si belles espérances

1. Situé non loin de la rue de Thorigny, dans le Marais, où Mme de Sévigné résidait alors, le grand jardin qui entourait l'Arsenal était un lieu de promenade public qu'affectionnait beaucoup la marquise.
2. L'une de ses clientes, qui venait de mettre au monde une fille.

La signora met au monde une fille [1].

Je vous assure que cela rabaisse le caquet. Rien ne console que la parfaite santé de ma fille ; elle n'a pas eu la fièvre de son lait. Sa fille a été baptisée et nommée Marie-Blanche ; Monsieur le Coadjuteur pour Monsieur d'Arles, et moi pour moi. Voilà un détail qu'on haïrait bien pour des choses indifférentes, mais on l'aime fort pour celles qui tiennent au cœur. M. le premier président de Provence [2] est revenu exprès de Saint-Germain pour faire son compliment ici ; jamais je n'ai vu de si grandes apparences d'une véritable amitié.

Que vous dirai-je encore ? Oserai-je le dire ? Je crois que la santé de votre chère épouse vous en consolera : c'est que notre aimable duchesse de Saint-Simon a la petite vérole si dangereusement que l'on craint pour sa vie. Adieu, mon cher ; je laisse à votre pauvre cœur à démêler tous ces divers sentiments ; vous savez les miens il y a longtemps sur votre sujet.

Les médisants disent que Blanche d'Adhémar ne sera pas d'une beauté surprenante, et les mêmes gens ajoutent qu'elle vous ressemble ; si cela est, vous ne doutez pas que je ne l'aime fort.

---

1. Allusion à *L'Ermite*, conte de La Fontaine dans lequel une jeune fille, pour justifier sa grossesse, prétend qu'on lui a annoncé que son fils serait pape et prépare pour lui des béguins (sorte de bonnets) ; elle finit par mettre au monde une fille.
2. Henri d'Oppède*.

3. À MADAME DE GRIGNAN

À Paris, lundi 2 février 1671[1].

Puisque vous voulez absolument qu'on vous rende votre petite boîte, la voilà. Je vous conjure de conserver et de recevoir, aussi tendrement que je vous le donne, un petit présent qu'il y a longtemps que je vous destine. J'ai fait retailler le diamant avec plaisir, dans la pensée que vous le garderez toute votre vie. Je vous en conjure, ma chère bonne, et que jamais je ne le voie en d'autres mains que les vôtres. Qu'il vous fasse souvenir de moi et de l'excessive tendresse que j'ai pour vous, et par combien de choses je voudrais vous la pouvoir témoigner en toutes occasions, quoi que vous puissiez croire là-dessus.

4. À MADAME DE GRIGNAN

À Paris, vendredi 6 février 1671.

Ma douleur serait bien médiocre si je pouvais vous la dépeindre ; je ne l'entreprendrai pas aussi. J'ai beau chercher ma chère fille, je ne la trouve plus, et tous les pas qu'elle fait l'éloignent de moi. Je m'en allai donc à Sainte-Marie[2], toujours pleurant et tou-

---

1. Mme de Grignan va partir pour Grignan deux jours plus tard, le 4 février. Ce billet aurait été trouvé dans son cercueil lors de l'ouverture du caveau des Grignan en 1793.
2. Mme de Sévigné se rend dans un couvent du faubourg Saint-Jacques où sa fille a passé plusieurs années. Là, elle retrouve une religieuse (Agnès) et une pensionnaire laïque (Mme du Housset). Son amie Mme de Lafayette * l'y rejoint. Ensemble, elles déplorent le départ de Françoise de Grignan.

jours mourant. Il me semblait qu'on m'arrachait le cœur et l'âme, et en effet, quelle rude séparation ! Je demandai la liberté d'être seule. On me mena dans la chambre de Mme du Housset, on me fit du feu. Agnès me regardait sans me parler ; c'était notre marché. J'y passai jusqu'à cinq heures sans cesser de sangloter ; toutes mes pensées me faisaient mourir. J'écrivis à M. de Grignan ; vous pouvez penser sur quel ton. J'allai ensuite chez Mme de Lafayette qui redoubla mes douleurs par la part qu'elle y prit. Elle était seule, et malade, et triste de la mort d'une sœur religieuse ; elle était comme je la pouvais désirer. M. de La Rochefoucauld * y vint. On ne parla que de vous, de la raison que j'avais d'être touchée, et du dessein de parler comme il faut à *Mélusine* [1]. Je vous réponds qu'elle sera bien relancée. D'Hacqueville * vous rendra un bon compte de cette affaire. Je revins enfin à huit heures de chez Mme de Lafayette. Mais en entrant ici, bon Dieu ! comprenez-vous bien ce que je sentis en montant ce degré ? Cette chambre où j'entrais toujours, hélas ! j'en trouvai les portes ouvertes, mais je vis tout démeublé, tout dérangé, et votre pauvre petite fille [2] qui me représentait la mienne. Comprenez-vous bien tout ce que je souffris ? Les réveils de la nuit ont été noirs, et le matin je n'étais point avancée d'un pas pour le repos de mon esprit. L'après-dîner se passa avec Mme de La Troche * à l'Arsenal. Le soir, je reçus votre lettre, qui me remit dans les premiers transports [3], et ce soir j'achèverai celle-ci chez M. de Coulanges * où j'apprendrai des nouvelles. Car pour moi, voilà ce que

1. Sobriquet donné à Mme de Marans *.
2. Marie-Blanche, alors âgée de deux mois et demi.
3. Comprendre : qui me remit dans l'état de chagrin où je me trouvais le matin.

je sais, avec les douleurs de tous ceux que vous avez laissés ici. Toute ma lettre serait pleine de compliments, si je voulais.

Vendredi au soir.

J'ai appris chez Mme de Lavardin* les nouvelles que je vous mande; et j'ai su par Mme de Lafayette qu'ils eurent hier une conversation avec *Mélusine*, dont le détail n'est pas aisé à écrire, mais enfin elle fut confondue et poussée à bout par l'horreur de son procédé, qui lui fut reproché sans aucun ménagement. Elle est fort heureuse du parti qu'on lui offre, et dont elle est demeurée d'accord : c'est de se taire très religieusement, et moyennant cela on ne la poussera pas à bout. Vous avez des amis qui ont pris vos intérêts avec beaucoup de chaleur. Je ne vois que des gens qui vous aiment et vous estiment, et qui entrent bien aisément dans ma douleur. Je n'ai voulu aller encore que chez Mme de Lafayette. On s'empresse fort de me chercher et de me vouloir prendre, et je crains cela comme la mort.

Je vous conjure, ma chère fille, d'avoir soin de votre santé. Conservez-la pour l'amour de moi, et ne vous abandonnez pas à ces cruelles négligences, dont il ne me semble pas qu'on puisse jamais revenir. Je vous embrasse avec une tendresse qui ne saurait avoir d'égale, n'en déplaise à toutes les autres.

Le mariage de Mlle d'Houdancourt et de M. de Ventadour a été signé ce matin. L'abbé de Chambonnas a été nommé aussi ce matin à l'évêché de Lodève. Madame la Princesse partira le mercredi des Cendres pour Châteauroux, où Monsieur le Prince désire qu'elle fasse quelque séjour. M. de La Marguerie a la place du conseil de M. d'Étampes, qui est mort. Mme de Mazarin* arrive ce soir à Paris ; le Roi s'est déclaré son protecteur, et l'a envoyé quérir au Lys[1] avec un exempt et huit gardes, et un carrosse bien attelé.

Voici un trait d'ingratitude qui ne vous déplaira pas, et dont je veux faire mon profit quand je ferai mon livre sur les grandes ingratitudes. Le maréchal d'Albret a convaincu Mme d'Heudicourt, non seulement d'une bonne galanterie avec M. de Béthune, dont il avait voulu toujours douter, mais d'avoir dit de lui et de Mme Scarron* tous les maux qu'on peut s'imaginer. Il n'y a point de mauvais offices qu'elle n'ait tâché de rendre à l'un et à l'autre, et cela est tellement avéré que Mme Scarron ne la voit plus, ni tout l'hôtel de Richelieu. Voilà une femme bien abîmée ; mais elle a cette consolation de n'y avoir pas contribué !

5. À MADAME DE GRIGNAN

À Paris, lundi 9 février 1671.

Je reçois vos lettres, ma bonne, comme vous avez reçu ma bague. Je fonds en larmes en les lisant ; il semble que mon cœur veuille se fendre par la moitié. Il semble que vous m'écriviez des injures ou que vous soyez malade ou qu'il vous soit arrivé quelque accident, et c'est tout le contraire. Vous m'aimez, ma chère enfant, et vous me le dites d'une manière que je ne puis soutenir sans des pleurs en abondance ; vous continuez votre voyage sans aucune aventure fâcheuse. Et lorsque j'apprends tout cela, qui est justement tout ce qui me peut être le plus agréable,

1. Ancienne abbaye de l'ordre de Cîteaux, près de Melun.

voilà l'état où je suis. Vous vous amusez donc à penser à moi, vous en parlez, et vous aimez mieux m'écrire vos sentiments que vous n'aimez à me les dire. De quelque façon qu'ils me viennent, ils sont reçus avec une tendresse et une sensibilité qui n'est comprise que de ceux qui savent aimer comme je fais. Vous me faites sentir pour vous tout ce qu'il est possible de sentir de tendresse. Mais, si vous songez à moi, ma pauvre bonne, soyez assurée aussi que je pense continuellement à vous. C'est ce que les dévots appellent une pensée habituelle; c'est ce qu'il faudrait avoir pour Dieu, si l'on faisait son devoir. Rien ne me donne de distraction. Je suis toujours avec vous. Je vois ce carrosse qui avance toujours et qui n'approchera jamais de moi. Je suis toujours dans les grands chemins. Il me semble que j'ai quelquefois peur qu'il ne verse. Les pluies qu'il fait depuis trois jours me mettent au désespoir. Le Rhône me fait une peur étrange. J'ai une carte devant mes yeux; je sais tous les lieux où vous couchez. Vous êtes ce soir à Nevers, vous serez dimanche à Lyon, où vous recevrez cette lettre.

Je n'ai pu vous écrire qu'à Moulins par Mme de Guénégaud *. Je n'ai reçu que deux de vos lettres; peut-être que la troisième viendra. C'est la seule consolation que je souhaite; pour d'autres, je n'en cherche pas. Je suis entièrement incapable de voir beaucoup de monde ensemble; cela viendra peut-être, mais il n'est pas venu. Les duchesses de Verneuil et d'Arpajon * me veulent réjouir; je les prie de m'excuser encore. Je n'ai jamais vu de si belles âmes qu'il y en a en ce pays-ci. Je fus samedi tout le jour chez Mme de Villars à parler de vous, et à pleurer; elle entre bien dans mes sentiments. Hier je fus au sermon de Monsieur d'Agen et au salut et chez

Mme de Puisieux, chez Monsieur d'Uzès et chez Mme du Puy-du-Fou, qui vous fait mille amitiés. Si vous aviez un petit manteau fourré, elle aurait l'esprit en repos. Aujourd'hui je m'en vais souper au faubourg, tête à tête[1]. Voilà les fêtes de mon carnaval. Je fais tous les jours dire une messe pour vous; c'est une dévotion qui n'est pas chimérique.

Je n'ai vu Adhémar qu'un moment. Je m'en vais lui écrire pour le remercier de son lit; je lui en suis plus obligée que vous. Si vous voulez me faire un véritable plaisir, ayez soin de votre santé, dormez dans ce joli petit lit, mangez du potage, et servez-vous de tout le courage qui me manque. Je ferai savoir des nouvelles de votre santé. Continuez à m'écrire. Tout ce que vous avez laissé d'amitié ici est augmenté. Je ne finirais point à vous faire des compliments et à vous dire l'inquiétude où l'on est de votre santé.

Mlle d'Harcourt fut mariée avant-hier; il y eut un grand souper maigre à toute la famille. Hier un grand bal et un grand souper au Roi, à la Reine, à toutes les dames parées; c'était une des plus belles fêtes qu'on puisse voir.

Mme d'Heudicourt est partie avec un désespoir inconcevable, ayant perdu toutes ses amies, convaincue de tout ce que Mme Scarron avait toujours défendu, et de toutes les trahisons du monde.

Mandez-moi quand vous aurez reçu mes lettres. Je fermerai tantôt celle-ci.

---

1. En tête à tête avec Mme de Lafayette, qui habite le faubourg Saint-Germain.

Avant que d'aller au faubourg, je fais mon paquet, et l'adresse à Monsieur l'Intendant à Lyon[1]. La distinction de vos lettres m'a charmée. Hélas! je la méritais bien par la distinction de mon amitié pour vous.

Mme de Fontevrault fut bénite hier; MM. les prélats furent un peu fâchés de n'y avoir que des tabourets[2].

Voici ce que j'ai su de la fête d'hier. Toutes les cours de l'hôtel de Guise étaient éclairées de deux mille lanternes. La Reine entra d'abord dans l'appartement de Mme de Guise, fort éclairé, fort paré; toutes les dames se mirent à genoux autour de la Reine, sans distinction de tabourets. On soupa dans cet appartement; il y avait quarante dames à table. Le souper fut magnifique. Le Roi vint, et fort gravement regarda tout sans se mettre à table; on monta en haut, où tout était préparé pour le bal. Le Roi mena la Reine et honora l'assemblée de trois ou quatre courantes[3], et puis s'en alla souper au Louvre avec sa compagnie ordinaire. Mademoiselle* ne voulut point venir à l'hôtel de Guise. Voilà tout ce que je sais.

Je veux voir le paysan de Sully qui m'apporta hier votre lettre; je lui donnerai de quoi boire. Je le trouve bien heureux de vous avoir vue. Hélas! comme un moment me paraîtrait, et que j'ai de regret à tous ceux

---

1. Le père de Mme de Coulanges, sa cousine par alliance.
2. C'est-à-dire des duchesses (ayant droit à s'asseoir sur un tabouret en présence de la reine). Allusion à la brillante cérémonie au cours de laquelle la sœur de Mme de Montespan avait été intronisée abbesse de l'abbaye de Fontevrault, près de Saumur.
3. Danse sur un rythme à trois temps alors en vogue.

que j'ai perdus ! Je me fais des *dragons* [1] aussi bien que les autres. D'Irval * a ouï parler de *Mélusine*. Il dit que c'est bien employé, qu'il vous avait avertie de toutes les plaisanteries qu'elle avait faites à votre première couche, que vous ne daignâtes pas l'écouter, que depuis ce temps-là il n'a point été chez vous. Il y a longtemps que cette créature-là parlait très mal de vous. Mais il fallait que vous en fussiez persuadée par vos yeux.

Et notre Coadjuteur, ne voulez-vous pas bien l'embrasser pour l'amour de moi ? N'est-il point encore *Seigneur Corbeau* pour vous ? Je désire avec passion que vous soyez remis comme vous étiez. Hé ! ma pauvre fille ! hé ! mon Dieu ! a-t-on bien du soin de vous ? Il ne faut jamais vous croire sur votre santé. Voyez ce lit que vous ne vouliez point ; tout cela est comme Mme Robinet.

Adieu, ma chère enfant, l'unique passion de mon cœur, le plaisir et la douleur de ma vie. Aimez-moi toujours ; c'est la seule chose qui me peut donner de la consolation.

6. À MADAME DE GRIGNAN

À Paris, le mercredi 11 février 1671.

Je n'en ai reçu que trois, de ces aimables lettres qui me pénètrent le cœur ; il y en a une qui me manque. Sans que je les aime toutes, et que je n'aime point à perdre ce qui me vient de vous, je croirais n'avoir rien perdu. Je trouve qu'on ne peut rien souhaiter qui ne soit dans celles que j'ai reçues. Elles sont première-

---

1. Soucis, inquiétudes.

ment très bien écrites, et de plus si tendres et si naturelles qu'il est impossible de ne les pas croire. La défiance même en serait convaincue. Elles ont ce caractère de vérité que je maintiens toujours, qui se fait voir avec autorité, pendant que le mensonge demeure accablé sous les paroles sans pouvoir persuader ; plus elles s'efforcent de paraître, plus elles sont enveloppées. Les vôtres sont vraies et le paraissent. Vos paroles ne servent tout au plus qu'à vous expliquer et, dans cette noble simplicité, elles ont une force à quoi l'on ne peut résister. Voilà, ma bonne, comme vos lettres m'ont paru. Mais quel effet elles me font, et quelle sorte de larmes je répands, en me trouvant persuadée de la vérité de toutes les vérités que je souhaite le plus sans exception ! Vous pourrez juger par là de ce que m'ont fait les choses qui m'ont donné autrefois des sentiments contraires[1]. Si mes paroles ont la même puissance que les vôtres, il ne faut pas vous en dire davantage ; je suis assurée que mes vérités ont fait en vous leur effet ordinaire.

Mais je ne veux point que vous disiez que j'étais un rideau qui vous cachait. Tant pis si je vous cachais ; vous êtes encore plus aimable quand on a tiré le rideau. Il faut que vous soyez à découvert pour être dans votre perfection[2] ; nous l'avons dit mille fois. Pour moi, il me semble que je suis toute nue, qu'on m'a dépouillée de tout ce qui me rendait aimable. Je n'ose plus voir le monde, et quoi qu'on ait fait pour m'y remettre, j'ai passé tous ces jours-ci comme un loup-garou, ne pouvant faire autrement. Peu de gens sont dignes de comprendre ce que

---

1. Allusion à quelque conflit ancien entre la mère et la fille.
2. L'esprit et la beauté de la mère masquaient ceux de sa fille, il est donc préférable que celle-ci se trouve seule pour briller.

je sens. J'ai cherché ceux qui sont de ce petit nombre, et j'ai évité les autres. J'ai vu Guitaut* et sa femme; ils vous aiment. Mandez-moi un petit mot pour eux. Deux ou trois Grignan me vinrent voir hier matin. J'ai remercié mille fois Adhémar de vous avoir prêté son lit. Nous ne voulûmes point examiner s'il n'eût pas été meilleur pour lui de troubler votre repos que d'en être cause; nous n'eûmes pas la force de pousser cette folie, et nous fûmes ravis de ce que le lit était bon.

Il nous semble que vous êtes à Moulins aujourd'hui; vous y recevrez une de mes lettres. Je ne vous ai point écrit à Briare. C'était ce cruel mercredi qu'il fallait écrire; c'était le propre jour de votre départ. J'étais si affligée et si accablée que j'étais même incapable de chercher de la consolation en vous écrivant. Voici donc ma troisième, et ma seconde à Lyon; ayez soin de me mander si vous les avez reçues. Quand on est fort éloignés, on ne se moque plus des lettres qui commencent par *J'ai reçu la vôtre, etc.* La pensée que vous aviez de vous éloigner toujours, et de voir que ce carrosse allait toujours en delà, est une de celles qui me tourmentent le plus. Vous allez toujours, et comme vous dites, vous vous trouverez à deux cents lieues de moi. Alors, ne pouvant plus souffrir les injustices sans en faire à mon tour, je me mettrai à m'éloigner aussi de mon côté, et j'en ferai tant que je me trouverai à trois cents[1]. Ce sera une belle distance, et ce sera une chose digne de mon amitié que d'entreprendre de traverser la France pour vous aller voir.

Je suis touchée du retour de vos cœurs entre le

---

1. Mme de Sévigné joint aux deux cents lieues qui séparent Paris d'Aix (environ 700 km), les cent lieues qui séparent Paris de sa propriété de Bretagne. Elle fera ce long voyage en 1690, quand elle se rendra à Grignan pour la deuxième fois.

Coadjuteur et vous. Vous savez combien j'ai toujours trouvé que cela était nécessaire au bonheur de votre vie. Conservez bien ce trésor, ma pauvre bonne. Vous êtes vous-même charmée de sa bonté ; faites-lui voir que vous n'êtes pas ingrate.

Je finirai tantôt ma lettre. Peut-être qu'à Lyon vous serez si étourdie de tous les honneurs qu'on vous y fera que vous n'aurez pas le temps de lire tout ceci. Ayez au moins celui de me mander toujours de vos nouvelles, et comme vous vous portez, et votre aimable visage que j'aime tant, et si vous vous mettez sur ce diable de Rhône. Vous aurez à Lyon Monsieur de Marseille *.

Mercredi au soir.

Je viens de recevoir tout présentement votre lettre de Nogent. Elle m'a été donnée par un fort honnête homme, que j'ai questionné tant que j'ai pu. Mais votre lettre vaut mieux que tout ce qui se peut dire. Il était bien juste, ma bonne, que ce fût vous la première qui me fissiez rire, après m'avoir tant fait pleurer. Ce que vous mandez de M. Busche * est original ; cela s'appelle des traits dans le style de l'éloquence. J'en ai donc ri, je vous l'avoue, et j'en serais honteuse, si depuis huit jours j'avais fait autre chose que pleurer. Hélas ! je le rencontrai dans la rue, ce M. Busche, qui amenait vos chevaux. Je l'arrêtai, et tout en pleurs je lui demandai son nom ; il me le dit. Je lui dis en sanglotant : « Monsieur Busche, je vous recommande ma fille, ne la versez point ; et quand vous l'aurez menée heureusement à Lyon, venez me voir et me dire de ses nouvelles. Je vous donnerai de quoi boire. » Je le ferai assurément, et ce que vous m'en mandez augmente beaucoup le respect que

34

j'avais déjà pour lui. Mais vous ne vous portez point bien, vous n'avez point dormi ? Le chocolat[1] vous remettra. Mais vous n'avez point de chocolatière ; j'y ai pensé mille fois. Comment ferez-vous ?

Hélas ! ma bonne, vous ne vous trompez pas, quand vous pensez que je suis occupée de vous encore plus que vous ne l'êtes de moi, quoique vous me le paraissiez beaucoup. Si vous me voyiez, vous me verriez chercher ceux qui m'en veulent parler ; si vous m'écoutiez, vous entendriez bien que j'en parle. C'est assez vous dire que j'ai fait une visite d'une heure à l'abbé Guéton *, pour parler seulement des chemins et de la route de Lyon. Je n'ai encore vu aucun de ceux qui veulent, disent-ils, me divertir, parce qu'en paroles couvertes, c'est vouloir m'empêcher de penser à vous, et cela m'offense. Adieu, ma très aimable bonne, continuez à m'écrire et à m'aimer ; pour moi, mon ange, je suis tout entière à vous.

Ma petite Deville, ma pauvre Golier *, bonjour. J'ai un soin extrême de votre enfant. Je n'ai point de lettres de M. de Grignan ; je ne laisse pas de lui écrire.

7. À MADAME DE GRIGNAN

À Paris, jeudi 12 février 1671.

Ceci est un peu de provision[2], car je ne vous écrirai que demain. Mais je veux vous écrire présentement ce que je viens d'apprendre.

Le président Amelot, après avoir fait hier mille

---

1. Consommé sous forme de tablette ou de boisson épaisse, le chocolat était réputé pour ses propriétés thérapeutiques.
2. En attendant (une lettre de sa fille).

visites, se trouva un peu embarrassé sur le soir, et tomba dans une apoplexie épouvantable, dont il est mort ce matin à huit heures. Je vous conseille d'écrire à sa femme ; c'est une affliction extrême dans toute la famille.

La duchesse de La Vallière * manda au Roi, par le maréchal de Bellefonds, outre cette lettre que l'on n'a point vue, qu'elle aurait plus tôt quitté la cour, après avoir perdu l'honneur de ses bonnes grâces, si elle avait pu obtenir d'elle de ne le plus voir ; que cette faiblesse avait été si forte en elle qu'à peine était-elle capable présentement d'en faire un sacrifice à Dieu ; qu'elle voulait pourtant que le reste de la passion qu'elle a eue pour lui servît à sa pénitence, et qu'après lui avoir donné toute sa jeunesse, ce n'était pas trop encore du reste de sa vie pour le soin de son salut. Le Roi pleura fort, et envoya M. Colbert * à Chaillot la prier instamment de venir à Versailles, et qu'il pût lui parler encore. M. Colbert l'y a conduite. Le Roi a causé une heure avec elle et a fort pleuré, et Mme de Montespan * fut au-devant d'elle, les bras ouverts et les larmes aux yeux. Tout cela ne se comprend point. Les uns disent qu'elle demeurera à Versailles, et à la cour ; les autres qu'elle reviendra à Chaillot. Nous verrons.

Vendredi 13 février, chez M. de Coulanges.

M. de Coulanges veut que je vous écrive encore à Lyon. Je vous conjure, ma chère enfant, si vous vous embarquez, de descendre au Pont [1]. Ayez pitié de moi ; conservez-vous, si vous voulez que je vive. Vous

---

1. Construit au Moyen Âge, le pont Saint-Esprit a donné son nom à la commune du Gard où il est situé. Il était considéré comme dangereux pour la navigation fluviale.

m'avez si bien persuadée que vous m'aimez qu'il me semble que dans la vue de me plaire, vous ne vous hasarderez point. Mandez-moi bien comme vous conduirez votre barque. Hélas! qu'elle m'est chère et précieuse cette petite barque que le Rhône m'emporte si cruellement!

J'ai ouï dire ici qu'il y avait eu un Dimanche gras, mais ce n'est que par ouï-dire, et je ne l'ai point vu. J'ai été farouche au point de ne pouvoir pas souffrir quatre personnes ensemble. J'étais au coin du feu de Mme de Lafayette. L'affaire de *Mélusine* est entre les mains de Langlade *, après avoir passé par celles de M. de La Rochefoucauld et de d'Hacqueville. Je vous assure qu'elle est bien confondue et bien méprisée par ceux qui ont l'honneur de la connaître. Je n'ai pas encore vu Mme d'Arpajon : elle a une mine satisfaite qui m'importune. Le bal du Mardi gras pensa être renvoyé; jamais il ne fut une telle tristesse. Je crois que c'était votre absence qui en était la cause. Bon Dieu, que de compliments j'ai à vous faire! que d'amitiés! que de soins de savoir de vos nouvelles! que de louanges l'on vous donne! Je n'aurais jamais fait si je voulais nommer tous ceux et celles dont vous êtes aimée, estimée, adorée. Mais quand vous aurez mis tout cela ensemble, soyez assurée, ma fille, que ce n'est rien en comparaison de ce que j'ai pour vous. Je ne vous quitte pas un moment. Je pense à vous sans relâche, et de quelle façon!

J'ai embrassé votre fille, et elle m'a baisée, et très bien baisée de votre part. Savez-vous bien que je l'aime cette petite, quand je songe de qui elle vient?

8. À MADAME DE GRIGNAN

À Paris, ce mercredi 18 février 1671.

Je vous conjure, ma chère bonne, de conserver vos yeux ; pour les miens, vous savez qu'ils doivent finir à votre service. Vous comprenez bien, ma belle, que de la manière dont vous m'écrivez, il faut bien que je pleure en lisant vos lettres. Pour comprendre quelque chose de l'état où je suis pour vous, joignez, ma bonne, à la tendresse et à l'inclination naturelle que j'ai pour votre personne, la petite circonstance d'être persuadée que vous m'aimez, et jugez de l'excès de mes sentiments. Méchante ! pourquoi me cachez-vous quelquefois de si précieux trésors ? Vous avez peur que je ne meure de joie ? mais ne craignez-vous point aussi que je meure du déplaisir de croire voir le contraire ? Je prends d'Hacqueville à témoin de l'état où il m'a vue autrefois. Mais quittons ces tristes souvenirs, et laissez-moi jouir d'un bien sans lequel la vie m'est dure et fâcheuse ; ce ne sont point des paroles, ce sont des vérités. Mme de Guénégaud m'a mandé de quelle manière elle vous a vue pour moi. Je vous conjure, ma bonne, d'en conserver le fond, mais plus de larmes, je vous en conjure ; elles ne vous sont pas si saines qu'à moi. Je suis présentement assez raisonnable. Je me soutiens au besoin et, quelquefois, je suis quatre ou cinq heures tout comme un autre, mais peu de chose me remet à mon premier état. Un souvenir, un lieu, une parole, une pensée un peu trop arrêtée, vos lettres surtout, les miennes même en les écrivant, quelqu'un qui me parle de vous, voilà des écueils à ma constance, et ces écueils se rencontrent souvent.

J'ai vu Raymond* chez la comtesse du Lude*. Elle

me chanta un nouveau récit du ballet ; il est admirable[1]. Mais si vous voulez qu'on le chante, chantez-le. Je vois Mme de Villars ; je m'y plais parce qu'elle entre dans mes sentiments ; elle vous dit mille amitiés. Mme de Lafayette comprend aussi fort bien les tendresses que j'ai pour vous ; elle est touchée de l'amitié que vous me témoignez. Je suis assez souvent dans ma famille, quelquefois ici le soir par lassitude, mais rarement.

J'ai vu cette pauvre Mme Amelot. Elle pleure bien ; je m'y connais. Faites quelque mention de certaines gens dans vos lettres, afin que je leur puisse dire. J'ai vu une unique fois les Verneuil et les Arpajon. Je vais aux sermons des Mascaron* et des Bourdaloue*, ils se surpassent à l'envi.

Voilà bien de mes nouvelles ; j'ai fort envie de savoir des vôtres, et comme vous vous serez trouvée à Lyon, si vous y avez été belle, et quelle route vous aurez prise, si vous y aurez dit l'oraison pour Monsieur le Marquis[2], et si elle aura été heureuse pour votre embarquement. Pour vous dire le vrai, je ne pense à nulle autre chose. Je sais votre route, et où vous avez couché tous les jours. Vous étiez dimanche à Lyon ; vous auriez bien fait de vous y reposer quelques jours.

Vous m'avez donné envie de m'enquérir de la mascarade du Mardi gras. J'ai su qu'un grand homme, plus grand de trois doigts qu'un autre, avait fait faire un habit admirable ; il ne voulait point le mettre, et il se trouva hasardeusement qu'une dame qu'il ne connaît point du tout, à qui il n'a jamais parlé, n'était

1. L'air de la tragi-comédie-ballet *Psyché* que l'on doit à Molière, Corneille et Lully.
2. Comprendre que Mme de Grignan est invitée à prier pour donner bientôt un fils à M. de Grignan.

point à l'assemblée[1]. Du reste, il faut que je dise comme Voiture : *personne n'est encore mort de votre absence, hormis moi*[2]. Ce n'est pas que le carnaval n'ait été d'une tristesse excessive, vous pouvez vous en faire honneur; pour moi, j'ai cru que c'était à cause de vous, mais ce n'est point assez pour une absence comme la vôtre.

J'envoie pour cette fois cette lettre en Provence[3]. J'embrasse M. de Grignan, et je meurs d'envie de savoir de vos nouvelles. Dès que j'ai reçu une lettre, j'en voudrais tout à l'heure une autre; je ne respire que d'en recevoir.

Vous me dites des merveilles du tombeau de M. de Montmorency * et de la beauté de Mlles de Valençay. Vous écrivez extrêmement bien; personne n'écrit mieux. Ne quittez jamais le naturel : votre tour s'y est formé, et cela compose un style parfait. J'ai fait vos compliments à M. de La Rochefoucauld et à Mme de Lafayette et à Langlade; tout cela vous estime, vous aime et vous sert en toutes occasions. Pour d'Hacqueville, nous ne parlons que de vous.

J'ai ri de votre folie sur la confiance; je la comprends bien. Mais quel hasard, et que cela est malheureux, qu'il se soit trouvé que tout ce que vous avez voulu savoir du Coadjuteur, et lui de vous, ait été précisément des choses dont vous n'étiez point les maîtres ! Vos chansons m'ont paru jolies; j'en ai reconnu les styles.

Ah ! ma bonne, que je voudrais bien vous voir un peu, vous entendre, vous embrasser, vous voir pas-

---

1. Allusion au roi et à l'une de ses maîtresses.
2. Citation d'une lettre écrite par le poète Vincent Voiture à Mlle de Rambouillet en 1639.
3. Mme de Grignan est sur le point d'arriver à Grignan.

ser, si c'est trop que le reste! Eh bien, par exemple, voilà de ces pensées à quoi je ne résiste pas. Je sens qu'il m'ennuie de ne vous plus avoir; cette séparation me fait une douleur au cœur et à l'âme, que je sens comme un mal du corps. Je ne puis assez vous remercier de toutes les lettres que vous m'avez écrites sur le chemin. Ces soins sont trop aimables, et font bien leur effet aussi; rien n'est perdu avec moi. Vous m'avez écrit partout. J'ai admiré votre bonté. Cela ne se fait point sans beaucoup d'amitié; sans cela on serait plus aise de se reposer et de se coucher. Ce m'a été une consolation grande. L'impatience que j'ai d'en avoir encore, et de Roanne et de Lyon et de votre embarquement, n'est pas médiocre; et si vous avez descendu au Pont, et de votre arrivée à Arles, et comme vous avez trouvé ce furieux Rhône en comparaison de notre pauvre Loire, à qui vous avez tant fait de civilités. Que vous êtes honnête de vous en être souvenue comme d'une de vos anciennes amies[1]! Hélas! de quoi ne me souviens-je point? Les moindres choses me sont chères; j'ai mille *dragons*. Quelle différence! Je ne revenais jamais ici sans impatience et sans plaisir; présentement j'ai beau chercher, je ne vous trouve plus. Mais comment peut-on vivre quand on sait que, quoi qu'on fasse, on ne retrouvera plus une si chère enfant? Je vous ferai bien voir si je la souhaite par le chemin que je ferai pour la retrouver. J'ai reçu une lettre de M. de Grignan. Il n'y en a point pour vous. Il me mande qu'il reviendra cet hiver; vous quittera-t-il, ou le suivrez-vous? Mais dans cette incertitude louerai-je votre

---

1. La Loire doit rappeler à Françoise de Grignan le voyage effectué avec sa mère en 1666 pour se rendre en Bretagne.

appartement ?[1] On est tous les jours sur le point d'en conclure le marché. Faites-moi réponse.

Monsieur le Dauphin était malade; il se porte mieux. On sera à Versailles jusqu'à lundi. Mme de La Vallière est toute rétablie à la cour. Le Roi la reçut avec des larmes de joie, et Mme de Montespan; elle a eu plusieurs conversations tendres. Tout cela est difficile à comprendre, il faut se taire. Les nouvelles de cette année ne tiennent pas d'un ordinaire à l'autre.

Mme de Verneuil, Mme d'Arpajon, Mmes de Villars, de Saint-Géran, M. de Guitaut, sa femme, la Comtesse[2], M. de La Rochefoucauld, M. de Langlade, Mme de Lafayette, ma tante, ma cousine, mes oncles, mes cousins, mes cousines, Mme de Vauvineux*, tout cela vous baise les mains mille et mille fois.

Je vois tous les jours votre fille, ce qui s'appelle à l'âtre. Je veux qu'elle soit droite; voilà mon soin. Cela serait plaisant d'être votre fille et de M. de Grignan, et qu'elle ne fût pas bien faite. Je suis habile; j'ai même des précautions inutiles.

Je vis hier Mme du Puy-du-Fou, qui vous salue. J'ai vu aussi Mme de Janson et une Mme Le Blanc. Ce qui a rapport à vous de cent lieues loin m'est plus agréable qu'autre chose. Mon Dieu! le Rhône! vous y êtes présentement. Je ne pense à autre chose! J'embrasse vos pauvres filles.

---

1. Mme de Sévigné avait loué une maison rue de Thorigny mais elle cherchait à en sous-louer le premier étage que sa fille n'habitait plus.
2. Mme de La Troche.

9. À MADAME DE GRIGNAN

À Paris, vendredi 20ᵉ février 1671.

Je vous avoue que j'ai une extraordinaire envie de savoir de vos nouvelles. Songez, ma chère bonne, que je n'en ai point eu depuis La Palisse[1]. Je ne sais rien du reste de votre voyage jusqu'à Lyon, ni de votre route jusqu'en Provence. Je me dévore, en un mot ; j'ai une impatience qui trouble mon repos. Je suis bien assurée qu'il me viendra des lettres (je ne doute point que vous ne m'ayez écrit), mais je les attends, et je ne les ai pas. Il faut se consoler, et s'amuser en vous écrivant.

Vous saurez, ma petite, qu'avant-hier, mercredi, après être revenue de chez M. de Coulanges, où nous faisons nos paquets les jours d'ordinaire, je revins me coucher ; cela n'est pas extraordinaire. Mais ce qui l'est beaucoup, c'est qu'à trois heures après minuit, j'entendis crier au voleur, au feu, et ces cris si près de moi et si redoublés que je ne doutai point que ce ne fût ici. Je crus même entendre qu'on parlait de ma petite-fille ; je ne doutai pas qu'elle ne fût brûlée. Je me levai dans cette crainte, sans lumière, avec un tremblement qui m'empêchait quasi de me soutenir. Je courus à son appartement, qui est le vôtre ; je trouvai tout dans une grande tranquillité. Mais je vis la maison de Guitaut toute en feu ; les flammes passaient par-dessus la maison de Mme de Vauvineux. On voyait dans nos cours, et surtout chez M. de Guitaut, une clarté qui faisait horreur.

---

1. Depuis un temps considérable, La Palisse était mort en 1525.

C'étaient des cris, c'était une confusion, c'étaient des bruits épouvantables, des poutres et des solives qui tombaient. Je fis ouvrir ma porte ; j'envoyai mes gens au secours. M. de Guitaut m'envoya une cassette de ce qu'il a de plus précieux. Je la mis dans mon cabinet, et puis je voulus aller dans la rue pour bayer comme les autres. J'y trouvai M. et Mme de Guitaut quasi nus, Mme de Vauvineux, l'ambassadeur de Venise, tous ses gens, la petite de Vauvineux qu'on portait tout endormie chez l'Ambassadeur, plusieurs meubles et vaisselles d'argent qu'on sauvait chez lui. Mme de Vauvineux faisait démeubler. Pour moi, j'étais comme dans une île[1], mais j'avais grand-pitié de mes pauvres voisins. Mme Guéton* et son frère donnaient de très bons conseils. Nous étions tous dans la consternation ; le feu était si allumé qu'on n'osait en approcher, et l'on n'espérait la fin de cet embrasement qu'avec la fin de la maison de ce pauvre Guitaut. Il faisait pitié. Il voulait aller sauver sa mère, qui brûlait au troisième étage ; sa femme s'attachait à lui, qui le retenait avec violence. Il était entre la douleur de ne pas secourir sa mère et la crainte de blesser sa femme, grosse de cinq mois. Il faisait pitié. Enfin, il me pria de tenir sa femme ; je le fis. Il trouva que sa mère avait passé au travers de la flamme et qu'elle était sauvée. Il voulut aller retirer quelques papiers ; il ne put approcher du lieu où ils étaient. Enfin il revint à nous dans cette rue, où j'avais fait asseoir sa femme.

Des capucins, pleins de charité et d'adresse, travaillèrent si bien qu'ils coupèrent le feu. On jeta de l'eau sur les restes de l'embrasement, et enfin

1. Sa maison était entourée de jardins.

c'est-à-dire après que le premier et second étage de
l'antichambre et de la petite chambre et du cabinet,
qui sont à main droite du salon, eurent été entièrement consommés. On appela bonheur ce qui restait
de la maison, quoiqu'il y ait pour le pauvre Guitaut
pour plus de dix mille écus de perte, car on compte
de faire rebâtir cet appartement, qui était peint et
doré. Il y avait aussi plusieurs beaux tableaux à
M. Le Blanc à qui est la maison ; il y avait aussi plusieurs tables, et miroirs, miniatures, meubles, tapis-
series. Ils ont grand regret à des lettres ; je me suis
imaginée que c'étaient des lettres de Monsieur le
Prince [2]. Cependant, vers les cinq heures du matin, il
fallut songer à Mme de Guitaut. Je lui offris mon lit,
mais Mme Guéton la mit dans le sien, parce qu'elle
a plusieurs chambres meublées. Nous la fîmes sai-
gner. Nous envoyâmes quérir Boucher* ; il craint
bien que cette grande émotion ne la fasse accoucher
devant les neuf jours (c'est grand hasard s'il ne
vient). Elle est donc chez cette pauvre Mme Guéton ;
tout le monde les vient voir, et moi je continue mes
soins, parce que j'ai trop bien commencé pour ne pas
achever.

Vous m'allez demander comment le feu s'était mis
à cette maison ; on n'en sait rien. Il n'y en avait point
dans l'appartement où il a pris. Mais si on avait pu
rire dans une si triste occasion, quels portraits n'au-
rait-on point faits de l'état où nous étions tous ? Gui-

---

1. Vers du *Cid* de Corneille (acte IV, sc. 3 : « Le combat cessa… »).
2. Des lettres d'affaires (les Guitaut étaient en procès avec
Condé*).

taut était nu en chemise, avec des chausses. Mme de Guitaut était nu-jambes, et avait perdu une de ses mules de chambre. Mme de Vauvineux était en petite jupe, sans robe de chambre. Tous les valets, tous les voisins, en bonnets de nuit. L'Ambassadeur était en robe de chambre et en perruque, et conserva fort bien la gravité de la Sérénissime. Mais son secrétaire était admirable. Vous parlez de la poitrine d'Hercule ! vraiment, celle-ci était bien autre chose. On la voyait tout entière ; elle est blanche, grasse, potelée, et surtout sans aucune chemise, car le cordon qui la devait attacher avait été perdu à la bataille. Voilà les tristes nouvelles de notre quartier. Je prie M. Deville de faire tous les soirs une ronde pour voir si le feu est éteint partout ; on ne saurait avoir trop de précaution pour éviter ce malheur. Je souhaite, ma bonne, que l'eau vous ait été favorable. En un mot, je vous souhaite tous les biens et prie Dieu qu'il vous garantisse de tous les maux.

M. de Ventadour devait être marié jeudi, c'est-à-dire hier ; il a la fièvre. La maréchale de La Mothe a perdu pour cinq cents écus de poisson[1].

Mérinville se marie avec la fille de feu Launay Gravé et de Mme de Piennes. Elle a deux cent mille francs ; Monsieur d'Albi nous assurait qu'il en méritait cinq cent mille, mais il est vrai qu'il aura la protection de M. et Mme de Piennes, qui assurément ne se brouilleront point à la cour.

J'ai vu tantôt Monsieur d'Uzès chez Mme de Lavardin ; nous avons parlé sans cesse de vous. Il m'a

1. La maréchale avait fait acheter une grande quantité de poissons pour le repas de noces célébré le lendemain, un vendredi.

dit que votre affaire [1] aux États serait sans difficulté ; si cela est, Monsieur de Marseille ne la gâtera pas. Il faut en venir à bout, ma petite. Faites-y vos derniers efforts ; ménagez Monsieur de Marseille, que le Coadjuteur fasse bien son personnage, et me mandez comme tout cela se passera. J'y prends un intérêt que vous imaginez fort aisément.

Tantôt, à table chez Monsieur du Mans, Courcelles a dit qu'il avait eu deux bosses à la tête [2], qui l'empêchaient de mettre une perruque. Cette sottise nous a tous fait sortir de table, avant qu'on eût achevé de manger du fruit, de peur d'éclater à son nez. Un peu après, d'Olonne est arrivé. M. de La Rochefoucauld m'a dit : « Madame, ils ne peuvent pas tenir tous deux dans cette chambre », et en effet, Courcelles est sorti.

Au reste, cette vision qu'on avait voulu donner au Coadjuteur, qu'il y aurait un diamant pour celui qui ferait les noces de sa cousine, était une vision fort creuse ; il n'a pas eu davantage que celui qui a fait les fiançailles. J'en ai été fort aise. D'Hacqueville avait oublié de mettre ceci dans sa lettre.

Je ne puis pas suffire à tous ceux qui vous font des baisemains. Cela est immense, c'est Paris, c'est la cour, c'est l'univers. Mais La Troche veut être distinguée, et Lavardin.

Voilà bien des *lanternes* [3], ma pauvre bonne. Mais toujours vous dire que je vous aime, que je ne songe

---

1. Une gratification que M. de Grignan tente d'obtenir pour l'entretien de ses gardes auprès des états de Provence. Il en sera régulièrement question dans les lettres qui suivent.
2. L'inconduite de sa femme était notoire ; il en était de même pour celle du comte d'Olonne dont Bussy a raconté les aventures dans son *Histoire amoureuse des Gaules*.
3. « Fadaises, sots contes, choses impertinentes » (*Dictionnaire de l'Académie*).

qu'à vous, que je ne suis occupée que de ce qui vous touche, que vous êtes le charme de ma vie, que jamais personne n'a été aimée si chèrement que vous, cette répétition vous ennuierait. J'embrasse mon cher Grignan et mon Coadjuteur.

Je n'ai point encore reçu mes lettres. M. de Coulanges a les siennes et je sais, ma bonne, que vous êtes arrivée à Lyon en bonne santé et plus belle qu'un ange, à ce que dit M. du Gué.

10. À MADAME DE GRIGNAN

À Paris, mercredi 25 février 1671.

Je n'ai point encore reçu une lettre que je suis persuadée que vous m'avez écrite de Lyon avant que de partir ; je croirai difficilement qu'ayant pu m'écrire, et ayant écrit à M. de Coulanges, vous m'ayez oubliée. Je fais un grand bruit pour retrouver ce paquet. J'ai reçu la première lettre que vous m'écrivîtes le lendemain que vous y fûtes arrivée. Je ne suis pas encore à l'épreuve de tout ce que vous me mandez. J'ai transi de vous voir passer de nuit cette montagne que l'on ne passe jamais qu'entre deux soleils, et en litière[1]. Je ne m'étonne pas, ma chère fille, si vos parties nobles ont été si culbutées. M. de Coulanges avait mandé au secrétaire de M. du Gué qu'on vous envoyât une litière à Roanne ; si vous aviez écrit un mot du jour que vous croyiez arriver, vous l'auriez trouvée infailliblement. Jamais personne comme

1. Allusion au fait que cette montagne, entre Roanne et Lyon, ne se traversait, par prudence, qu'entre le début et la fin de la journée et en voiture.

48

vous ne s'est conduite comme vous avez fait, et jamais aussi on n'a laissé mourir de faim une pauvre femme. La prévoyance de la fourmi nous apprend qu'il faut faire des provisions où l'on en trouve, pour quand on n'en trouve point. Ma chère enfant, comme vous avez été traitée! Si j'avais été là, il n'en eût pas été de même, et je n'aurais pas pris votre courage pour de la force, comme on a fait. L'aventure de Mme Robinet m'aurait bien appris à ne vous pas consulter sur ce qui regarde votre personne. En un mot, vos fatigues ont été grandes. Il n'en est plus question présentement, mais tout ce qui vous touche ne me passe pas légèrement dans l'esprit.

J'écris au Coadjuteur sur sa bonne tête; qu'il vous montre ma lettre. En voilà une de Guitaut qui vous réjouira. J'ai fait vos compliments à Mmes de Villars et de Saint-Géran. La première vous aime tendrement; elle vous écrira. Faites mention, dans vos lettres, de ma tante[1], de La Troche, et de la *Vauvinette* et de la d'Escars; tout cela ne parle que de vous. Mme du Gué a mandé à M. de Coulanges que vous êtes belle comme un ange; elle est charmée de vous et contente de vos politesses. Elle mande qu'elle vous a mise dans votre bateau par un temps et par un calme admirables. Tout cela me donne de l'espérance, mais je ne serai point contente que je ne sache que vous êtes arrivée à Arles. J'espère que Rippert* vous aura fait descendre aux endroits périlleux. Pour *Seigneur Corbeau*, je ne m'y fie plus. Je n'ai point sur mon cœur de m'être divertie, ni même de m'être distraite pendant votre voyage. Je vous ai suivie pas à pas, et quand vous avez été mal, je n'ai point été en repos. Je vous suis aussi fidèle sur l'eau que sur la

---

1. Mme de La Trousse*

terre. Nous avons compté vos journées ; il nous semble que vous arrivâtes dimanche à Arles. M. de La Rochefoucauld dit que je contente son idée sur l'amitié, avec toutes ses circonstances et dépendances. Il a eu encore des conversations avec *Mélusine*, qui sont incomparables ; on ne peut les écrire, mais en gros elles sont comme vous les souhaitez. Votre enfant embellit tous les jours ; elle rit, elle connaît. J'en prends beaucoup de soin. Pecquet vient voir la nourrice très souvent. Je ne suis point si sotte sur cela que vous pensez. Je fais comme vous ; quand je ne me fie à personne, je fais des merveilles. Votre frère revint avant-hier. Je ne l'ai quasi pas vu ; il est à Saint-Germain. Ses yeux se portent bien ; il nous faisait peur de sa santé, parce qu'il s'ennuyait à Nancy depuis le départ de Mme Madruche[1].

Je reçois donc votre lettre du mercredi, que vous m'écrivîtes de Lyon un peu à la hâte. Mais cela fait plaisir. Il en coûte des renouvellements de tendresse dont on est fort aise ; je ne comprends point ceux qui veulent les éviter. Vous allez vous embarquer, ma chère fille. Je recevrai de vos lettres de tous les endroits d'où vous pourrez m'écrire, j'en suis persuadée. Mon Dieu, que j'ai envie de savoir de vos nouvelles, et que vous m'êtes chère ! Il me semble que je fais tort à mes sentiments, de vouloir les expliquer avec des paroles ; il faudrait voir ce qui se passe dans mon cœur sur votre sujet.

Le comte de Saint-Paul est présentement M. de Longueville. Son frère lui fit la donation de tout son

---

1. Allusion au fils de Mme de Sévigné, en poste à Nancy, et probablement à l'une de ses liaisons.

bien lundi au soir. C'est environ trois cent mille livres de rente, tous ses meubles, toutes ses pierreries, l'hôtel de Longueville; en un mot, c'est le plus grand parti de France. Si Mme de Marans le peut épouser, elle fera une très bonne affaire.

J'embrasse de tout mon cœur M. de Grignan. Je ne fais point de réponse à sa dernière lettre; a-t-il besoin de quelque chose, puisque vous êtes avec lui? Je vous aime, mon enfant, et vous embrasse avec la dernière tendresse. M. Vallot est mort ce matin.

11. À MADAME DE GRIGNAN

À Paris, ce vendredi 27 février 1671.

Rien ne dure cette année, pas même la mort de M. Vallot. Il se porte bien, et au lieu d'être mort, comme on me l'avait dit, il a pris une pilule qui l'a ressuscité. Il a dit au Roi que le plus habile homme qu'il connût pour la médecine, c'était M. Duchesne du Mans.

Mme Mazarin partit il y a deux jours pour Rome; M. de Nevers n'ira que cet été avec sa femme. M. Mazarin se plaignit au Roi de ce qu'on envoyait sa femme à Rome sans son consentement; que c'était une chose inouïe qu'on ôtât ainsi une femme de la domination de son mari, et qu'on lui fît donner vingt-quatre mille francs de pension par an, et douze mille francs présentement, pour un voyage qu'il n'approuvait pas et qui le déshonorait. Sa Majesté l'écouta, mais tout étant réglé et le voyage résolu, il n'en fut autre chose. Sur tout ce qu'on disait ici à Mme Mazarin pour l'obliger de se remettre avec son mari, elle répondait toujours en riant, comme pendant la guerre civile : « Point de Mazarin, point de Mazarin. »

Pour Mme de La Vallière, nous sommes au désespoir de ne pouvoir vous la remener à Chaillot ; car elle est à la cour beaucoup mieux qu'elle n'a été depuis longtemps ; il faut vous résoudre de l'y laisser.

On appelle à présent le duc de Longueville l'abbé d'Orléans, et le comte de Saint-Paul, duc de Longueville.

M. de Ventadour a la fièvre double-tierce[1] de sorte que le mariage est retardé. On dit mille belles choses là-dessus. Cette petite d'Houdancourt est bien jolie. L'abbé de La Victoire lui disait l'autre jour : « Mademoiselle, il n'y a pas d'apparence que vous refusiez à d'autres ce que vous accorderez à M. de Ventadour. » Et Benserade * disait : « Je voudrais bien voir qu'une mère, une tante, une amie s'avisât de gronder une femme comme celle-là parce qu'elle haïrait son mari et qu'elle aurait un galant ; ma foi elles auraient bonne grâce. »

M. de Duras a cette année, pendant le voyage de Flandres, le même commandement général qu'avait M. de Lauzun * l'année passée, et d'autant plus beau qu'il y aura une fois plus de troupes.

Le Roi a donné à Mlle de La Mothe, fille de la Reine, deux cent mille francs ; avec cela elle pourra trouver un bon parti.

Le Roi a voulu faire M. de Lauzun maréchal de France ; il n'a pas voulu l'accepter, disant qu'il ne le méritait pas, et que s'il avait assez servi, ce serait un honneur qu'il tiendrait fort cher, mais qu'il ne voulait l'avoir que par le bon chemin.

---

1. Fièvre intermittente.

M. d'Hacqueville, par ses soins, a fait avoir à M. le cardinal de Retz six mille livres de rente sur le même fonds qu'on a donné au cardinal de Bouillon, hormis qu'il n'en a pas l'obligation à Messieurs du clergé.

À Paris, vendredi au soir, 27 février.

Le Rhône, ma chère fille, me tient fort au cœur. Je crois que vous êtes arrivée heureusement, mais j'aimerais bien à le savoir par vous. J'attends cette nouvelle avec une impatience digne de tout le reste. Il nous semble que vous arrivâtes samedi à Arles; il nous semble que M. de Grignan est venu au-devant de vous au Saint-Esprit; il nous semble qu'il a été ravi de vous revoir et de vous ravoir; il nous semble que vous avez fait comme mercredi votre entrée à Aix; et puis il nous semble que vous êtes bien lasse, ma chère enfant. Reposez-vous, au nom de Dieu, tenez-vous au lit, restaurez-vous, et contez-moi bien l'état où vous êtes. Savez-vous que votre souvenir fait ici la fortune de ceux que vous en favorisez? Les autres languissent après. Le petit mot pour ma tante ne se peut payer; on est encore fort loin de vous oublier. On m'a tantôt dit mille horreurs de cette montagne de Tarare; que je la hais! Il y a un autre certain chemin où la roue est en l'air, et l'on tient le carrosse par l'impériale; je ne soutiens pas cette idée. Mais il n'est plus question de tout cela.

Réponse à la lettre de Vienne.

Je la reçois présentement cette aimable lettre; ne voyez-vous point comme je la reçois, et avec quelle tendresse je la lis? Je crois que vous ne me demandez pas que je puisse être de sang-froid en cette occasion.

Il est vrai que la dignité de beauté où vous avez été élevée n'est pas d'une petite fatigue. Si vous n'étiez point belle, vous vous reposeriez ; il faut choisir. Votre paresse me fait peur ; ne la croyez pas sur ce choix. Il n'y a rien de si aimable que d'être belle, c'est un présent de Dieu qu'il faut conserver. Vous savez comme j'aime votre beauté. Mon amour-propre m'y fait prendre intérêt ; je vous la recommande pour l'amour de moi. Il me semble qu'on me va trouver bien habile en Provence d'avoir fait un si joli visage, et si doux et si régulier. Vous êtes fâchée que votre nez ne soit pas de travers, et moi, qui suis rangée, j'en suis ravie ; je ne comprends pas ce que peuvent faire, avec moi, mes paupières bigarrées[1].

Mais ne croyez-vous point que M. de Coulanges et moi, nous sommes sorciers de deviner tout ce que vous faites ?

Mais parlons des bords de votre Rhône. Vous les trouvez beaux, et ce fleuve n'est composé que d'eau comme les autres. J'en suis surprise, j'en ai une idée extraordinaire ; il me semble qu'on devrait dire :

Mille sources de sang forment cette rivière,
Qui traînant des corps morts et de vieux ossements,
Au lieu de murmurer, fait des gémissements[2].

Langlade vous rendra compte de sa visite chez *Mélusine*. En attendant, ce qu'il avait à faire n'était autre chose que d'avoir le plaisir de lui laver sa

---

1. Mme de Sévigné avait, selon Bussy-Rabutin, les yeux de couleur différente.
2. Mme de Sévigné cite *Le Temple de la mort* de Philippe Habert.

cornette[1] ; il l'a fait plus volontiers qu'un autre. Elle est, je vous assure, bien mortifiée et bien décontenancée. Je la vis l'autre jour ; elle n'a pas le mot à dire. Votre absence a renouvelé la tendresse de tous vos amis. Mais il faut que cette absence ne soit pas infinie, et quelque aversion que vous ayez pour les fatigues d'un voyage, il ne faut songer qu'à vous mettre en état de les recommencer. J'ai dit à M. de La Rochefoucauld ce que vous trouvez des fatigues des autres, et l'application que vous en faites. Il m'a chargée de mille amitiés pour vous, mais d'un si bon ton, et accompagnées de si agréables louanges, qu'il mérite d'être aimé de vous.

Je ferai vos compliments à Mme de Villars. Il y a presse à être nommé dans mes lettres. Je vous remercie d'avoir fait mention de Brancas.

Vous aurez vu votre tante[2] au Saint-Esprit, et vous aurez été reçue comme une reine. Ma fille, je vous conjure de me bien mander tout cela, et de me parler de M. de Grignan, et de Monsieur d'Arles. Vous savez que nous avons réglé que l'on hait autant les détails des gens que l'on n'aime guère qu'on les aime de ceux que l'on aime beaucoup ; c'est à vous à deviner de quel nombre vous êtes auprès de moi.

Mascaron, Bourdaloue me donnent tour à tour des plaisirs et des satisfactions qui doivent pour le moins me rendre sainte. Dès que j'entends quelque chose de beau, je vous souhaite ; vous avez part à tout ce que je pense. J'admire en moi, tous les jours, les effets naturels d'une extrême amitié. Je vous embrasse tendrement ; embrassez-moi aussi. Une petite amitié à mon Coadjuteur. Pour M. de Grignan,

---

1. La réprimander.
2. Cette tante par alliance habitait Pont-Saint-Esprit.

il me semble qu'il est si glorieux de vous avoir qu'il n'écoute plus personne.

12. À MADAME DE GRIGNAN

À Paris, mardi 3 mars 1671.

Si vous étiez ici, ma chère bonne, vous vous moqueriez de moi ; j'écris de provision. Mais c'est une raison bien différente de celle que je vous donnais pour m'excuser. C'était parce que je ne me souciais guère de ces gens-là, et que dans deux jours je n'aurais pas autre chose à leur dire. Voici tout le contraire ; c'est que je me soucie beaucoup de vous, que j'aime à vous entretenir à toute heure, et que c'est la seule consolation que je puisse avoir présentement.

Je suis aujourd'hui toute seule dans ma chambre, par l'excès de ma mauvaise humeur. Je suis lasse de tout ; je me suis fait un plaisir de dîner ici, et je m'en fais un de vous écrire hors de propos. Mais, hélas ! ma bonne, vous n'avez pas de ces loisirs-là. J'écris tranquillement, et je ne comprends pas que vous puissiez lire de même. Je ne vois pas un moment où vous soyez à vous. Je vois un mari qui vous adore, qui ne peut se lasser d'être auprès de vous, et qui peut à peine comprendre son bonheur. Je vois des harangues, des infinités de compliments, de civilités, des visites. On vous fait des honneurs extrêmes ; il faut répondre à tout cela. Vous êtes accablée ; moi-même, sur ma petite boule [1], je n'y suffirais pas. Que

1. Le sens de cette expression n'est pas élucidé.

fait votre paresse pendant tout ce tracas ? Elle souffre, elle se retire dans quelque petit cabinet, elle meurt de peur de ne plus retrouver sa place ; elle vous attend dans quelque moment perdu pour vous faire au moins souvenir d'elle et vous dire un mot en passant. « Hélas ! dit-elle, mais vous m'oubliez. Songez que je suis votre plus ancienne amie ; celle qui ne vous a jamais abandonnée, la fidèle compagne de vos plus beaux jours ; celle qui vous consoloit de tous les plaisirs, et qui même quelquefois vous les faisait haïr ; celle qui vous a empêchée de mourir d'ennui et en Bretagne et dans votre grossesse. Quelquefois votre mère troublait nos plaisirs, mais je savais bien où vous reprendre. Présentement je ne sais plus où j'en suis ; la dignité et l'éclat de votre mari me fera périr, si vous n'avez soin de moi. » Il me semble que vous lui dites en passant un petit mot d'amitié ; vous lui donnez quelque espérance de la posséder à Grignan. Mais vous passez vite, et vous n'avez pas le loisir d'en dire davantage. Le Devoir et la Raison sont autour de vous, qui ne vous donnent pas un moment de repos. Moi-même, qui les ai toujours tant honorées, je leur suis contraire, et elles me le sont ; le moyen qu'elles vous donnent le temps de lire de telles *lanterneries* [1] ?

Je vous assure, ma chère bonne, que je songe à vous continuellement, et je sens tous les jours ce que vous me dîtes une fois, qu'il ne fallait point appuyer sur ces pensées. Si l'on ne glissait pas dessus, on serait toujours en larmes, c'est-à-dire moi. Il n'y a lieu dans cette maison qui ne me blesse le cœur. Toute votre chambre me tue ; j'y ai fait mettre un paravent tout au milieu, pour rompre un peu la vue

1. Synonyme de *lanternes*.

d'une fenêtre sur ce degré par où je vous vis monter dans le carrosse de d'Hacqueville, et par où je vous rappelai. Je me fais peur quand je pense combien alors j'étais capable de me jeter par la fenêtre, car je suis folle quelquefois ; ce cabinet, où je vous embrassai sans savoir ce que je faisais ; ces Capucins, où j'allai entendre la messe ; ces larmes qui tombaient de mes yeux à terre, comme si c'eût été de l'eau qu'on eût répandue ; Sainte-Marie, Mme de Lafayette, mon retour dans cette maison, votre appartement, la nuit et le lendemain ; et votre première lettre, et toutes les autres, et encore tous les jours, et tous les entretiens de ceux qui entrent dans mes sentiments. Ce pauvre d'Hacqueville est le premier ; je n'oublierai jamais la pitié qu'il eut de moi. Voilà donc où j'en reviens : il faut glisser sur tout cela, et se bien garder de s'abandonner à ses pensées et aux mouvements de son cœur. J'aime mieux m'occuper de la vie que vous faites présentement ; cela me fait une diversion, sans m'éloigner pourtant de mon sujet et de mon objet, qui est ce qui s'appelle poétiquement l'objet aimé. Je songe donc à vous, et je souhaite toujours de vos lettres. Quand je viens d'en recevoir, j'en voudrais bien encore. J'en attends présentement, et reprendrai ma lettre quand j'en aurai reçu. J'abuse de vous, ma chère bonne. J'ai voulu aujourd'hui me permettre cette lettre d'avance ; mon cœur en avait besoin. Je n'en ferai pas une coutume.

Mercredi 4e mars.

Ah ! ma bonne, quelle lettre ! quelle peinture de l'état où vous avez été ! et que je vous aurais mal tenu ma parole, si je vous avais promis de n'être point effrayée d'un si grand péril ! Je sais bien qu'il est passé, mais il est impossible de se représenter votre vie si proche de sa fin, sans frémir d'horreur. Et M. de Grignan vous laisse conduire la barque ! et quand vous êtes téméraire, il trouve plaisant de l'être encore plus que vous ! Au lieu de vous faire attendre que l'orage fût passé, il veut bien vous exposer, et vogue la galère ! Ah mon Dieu ! qu'il eût été bien mieux d'être timide, et de vous dire que si vous n'aviez point de peur, il en avait, lui, et ne souffrirait point que vous traversassiez le Rhône par un temps comme celui qu'il faisait ! Que j'ai de la peine à comprendre sa tendresse en cette occasion ! Ce Rhône qui fait peur à tout le monde ! Ce pont d'Avignon où l'on aurait tort de passer en prenant de loin toutes ses mesures ! Un tourbillon de vent vous jette violemment sous une arche ! Et quel miracle que vous n'ayez pas été brisée et noyée dans un moment ! Ma bonne, je ne soutiens pas cette pensée ; j'en frissonne, et m'en suis réveillée avec des sursauts dont je ne suis pas la maîtresse. Trouvez-vous toujours que le Rhône ne soit que de l'eau ? De bonne foi, n'avez-vous point été effrayée d'une mort si proche et si inévitable ? avez-vous trouvé ce péril d'un bon goût ? une autre fois, ne serez-vous point un peu moins hasardeuse ? une aventure comme celle-là ne vous fera-t-elle point voir les dangers aussi terribles qu'ils sont ? Je vous prie de m'avouer ce qui vous en est resté. Je crois du moins que vous avez rendu grâce à Dieu de vous avoir sauvée. Pour moi, je suis persuadée que les messes que j'ai fait dire tous les jours pour vous ont fait ce miracle.

C'est à M. de Grignan que je me prends. Le Coadjuteur a bon temps, il n'a été grondé que pour la montagne de Tarare, elle me paraît présentement comme les pentes de Nemours. M. Busche m'est venu voir tantôt et rapporter des assiettes. J'ai pensé l'embrasser en songeant comme il vous a bien menée. Je l'ai fort entretenu de vos faits et gestes, et puis je lui ai donné de quoi boire un peu à ma santé. Cette lettre vous paraîtra bien ridicule ; vous la recevrez dans un temps où vous ne songerez plus au pont d'Avignon. Mais j'y pense, moi, présentement ! C'est le malheur des commerces si éloignés : toutes les réponses paraissent rentrées de pique noire[1]. Il faut s'y résoudre, et ne pas même se révolter contre cette coutume ; cela est naturel, et la contrainte serait trop grande d'étouffer toutes ses pensées. Il faut entrer dans l'état naturel où l'on est, en répondant à une chose qui vous tient au cœur. Résolvez-vous donc à m'excuser souvent.

J'attends des relations de votre séjour à Arles. Je sais que vous y aurez trouvé bien du monde ; à moins que les honneurs, comme vous m'en menacez, changent les mœurs, je prétends de plus grands détails. Ne m'aimez-vous point de vous avoir appris l'italien ? Voyez comme vous vous en êtes bien trouvée avec ce vice-légat[2] ; ce que vous dites de cette scène est excellent. Mais que j'ai peu goûté le reste de votre lettre ! Je vous épargne mes éternels recommencements sur le pont d'Avignon. Je ne l'oublierai de ma vie, et suis plus obligée à Dieu de vous avoir conservée dans cette occasion que de m'avoir fait naître, sans comparaison.

---

1. Terme de jeu de cartes. Il sert ici à désigner le décalage entre les préoccupations de la mère et de la fille.
2. Avignon et le Comtat Venaissin appartenaient au pape et étaient gouvernés par un vice-légat italien.

13. À MADAME DE GRIGNAN

À Paris, vendredi 6 mars 1671.

Il est aujourd'hui le 6 de mars ; je vous conjure de me mander comme vous vous portez. Si vous vous portez bien, vous êtes malade[1], mais si vous êtes malade, vous vous portez bien. Je souhaite, ma fille, que vous soyez malade, afin que vous ayez de la santé au moins pour quelque temps. Voilà une énigme bien difficile à comprendre et à deviner ; j'espère que vous me l'expliquerez.

Vous me faites une relation divine de votre entrée dans Arles. Mais il me semble que vous auriez grand besoin de vous reposer un peu ; vous avez toute la fatigue de votre voyage à digérer. Quel temps prendrez-vous pour cela ? Vous êtes là comme la Reine. Elle ne se repose jamais ; elle est toujours comme vous êtes depuis quelque temps. Il faut donc prendre son esprit, et avoir patience au milieu de toutes vos cérémonies. Je suis persuadée que M. de Grignan est bien charmé de la réception qu'on vous fait. Vous ne me parlez guère de lui, et c'est de ce détail que je serais curieuse. Je crois que le Coadjuteur a été noyé sous le pont d'Avignon. Ah mon Dieu ! cet endroit est encore bien noir dans ma tête. Dites-moi si cette expérience ne vous fera point un peu moins hardie. Il faut qu'il vous en coûte toujours, témoin votre première grossesse. Il a pensé m'en coûter bien cher cette fois, aussi bien qu'à vous. Voilà le Rhône passé ; mais j'ai peur que vous ne vouliez tâter de quelque

---

1. Allusion aux règles de Françoise de Grignan. Si celle-ci se sent « malade », c'est qu'elle est enceinte.

précipice, et que personne ne vous en empêche. Ma chère fille, ayez pitié de moi, si vous n'avez pitié de vous.

Le cocher de Mme de Caderousse fait assez souvenir de celui du cardinal de Retz*. Ah! monsieur Busche, que vous êtes divin! Je vous ai conté comme je l'avais bien reçu. Je suis persuadée que cette pauvre Caderousse mourra bientôt. À peine sait-on ici si elle est morte ou vive; j'en dirai des nouvelles, si on veut les écouter.

Corbinelli* m'écrit des merveilles de vous. Mais ce qui le charme, c'est qu'il croit et qu'il voit que vous m'aimez; il a tant d'amitié pour moi qu'il est ravi que l'on soit dans son goût. Mais que je le trouve heureux de vous voir, de vous toucher, d'écrire auprès de vous! Je crois que vous aurez eu aussi quelque joie de voir un de mes amis, et qui est le vôtre si véritablement.

DE CHARLES DE SÉVIGNÉ

Dans l'intervalle des deux reprises, je vous dirai que je sors d'une symphonie charmante, composée des deux Camus et d'Ytier. Vous savez que l'effet ordinaire de la musique est d'attendrir. Quoique je n'aie pas besoin de l'éprouver sur votre sujet, elle n'a pas laissé de renouveler mille choses que le temps qu'il y a que nous sommes séparés devrait avoir amorties. Mais savez-vous en quelle compagnie j'étais? C'était Mlle de Lenclos*, Mme de La Sablière, Mme de Salins, Mlle de Fiennes, Mme de Montereau, et le tout chez Mlle de Raymond. Après cela, si vous ne me trouvez pas joli garçon, vous aurez tort, car vous n'avez pas les mêmes raisons qu'elles, et vous ne voyez pas, d'où vous êtes, ma perruque noire, qui me rend effroyable; j'en aurai demain une autre qui les rassurera et qui me rendra un *cavaliero garbato* [1]. Adieu; vous soyez la bien échappée des périls du Rhône, et la bien reçue dans votre

---

1. Monsieur poli, bien élevé.

royaume d'Arles. À propos, j'ai fait transir Monsieur de Condom* sur le récit de votre aventure ; il vous aime toujours de tout son cœur.

Nous sommes en peine de savoir si vous riez quand on vous harangue ; c'est une incommodité à quoi je craignais que vous ne fussiez sujette. Si vous faites aussi bien que vous dites, ils font fort bien de vous adorer. Le nombre de ceux qui me font des compliments, et qui me prient de vous en faire, et qui me demandent de vos nouvelles, est infini ; j'aurais le visage aussi las que vous, si je les embrassais tous. Je ferai part à Brancas de vos relations.

Le P. Bourdaloue a prêché, ce matin, au delà de tous les plus beaux sermons qu'il ait jamais faits. La cour va et vient à Versailles. Monsieur le Dauphin et Monsieur d'Anjou se portent mieux. Voilà de belles nouvelles.

Mme de Lafayette, et tout ce qui est ordinairement chez elle, vous fait souvenir de l'amitié qu'ils ont pour vous, et vous prie d'en avoir un peu pour eux. Mme de Lafayette dit qu'elle aimerait fort à jouer le rôle que vous jouez, quand ce ne serait que pour changer ; vous savez comme elle est quelquefois lasse de la même chose. Monsieur d'Uzès est ravi des honneurs qu'on vous rend. Il est persuadé, comme les autres, que, depuis saint Trophime[1], il n'y a point eu de nièce pareille à vous. Votre fille est jolie ; je l'aime et j'en ai beaucoup de soin. Mme de Tourville est morte ; la Gouville pleure fort bien. Madame la Princesse est à Châteauroux *ad multos annos*[2]. Je

---

1. La légende veut qu'il ait été envoyé par saint Pierre pour être évêque d'Arles au premier siècle.
2. Pour beaucoup d'années.

suis à vous, ma très chère, avec une tendresse qu'il n'est pas aisé d'expliquer, et j'embrasse M. de Grignan malgré le pont d'Avignon.

14. À MADAME DE GRIGNAN

À Paris, mercredi 11ᵉ mars 1671.

Je n'ai point encore reçu vos lettres; peut-être que j'en aurai avant que de fermer celle-ci. Songez, ma chère enfant, qu'il y a huit jours que je n'en ai eu; c'est un siècle pour moi. Vous étiez à Arles, mais je ne sais rien par vous de votre arrivée à Aix.

Il me vint hier un gentilhomme qui vous a vu arriver. Il vous a vu jouer à petite prime avec Vardes, Bandol et un autre; vous avez aussi joué à l'hombre[1]. Je voudrais que vous eussiez vu comme je l'ai reçu, et ce qu'il m'a paru de vous avoir vue jeudi dernier. Vous admiriez tant l'abbé de Vins d'avoir pu quitter M. de Grignan; j'admire bien plus celui-ci de vous avoir quittée. Il m'a trouvée avec le P. Mascaron à qui je donnais un très beau dîner. Il prêche à ma paroisse. Il me vint voir l'autre jour; j'ai trouvé que cela était d'une vraie petite dévote de lui donner un repas. Il est de Marseille, et a trouvé fort bon d'entendre parler de Provence. J'ai su encore, par d'autres voies, que vous avez eu trois ou quatre démêlés à votre avènement. Ma pauvre bonne, l'humanité ne parvient pas à ne point avoir de ces malheurs en province. Je ne veux point vous dire

---

1. « La petite prime » se jouait avec quatre cartes, « l'hombre », jeu de cartes espagnol, avec quarante.

mon avis sur ce qu'on m'a conté, car peut-être qu'il n'y a rien de vrai. J'attendrai que vous m'en parliez. J'ai demandé à ce Julianis si vous n'étiez point bien fatiguée. Il m'a dit que vous étiez très belle, mais vous savez que mes yeux pour vous sont plus justes que ceux des autres; je pourrais bien vous trouver abattue et fatiguée au travers de leurs approbations.

Quels habits aviez-vous à Lyon, à Arles, à Aix? Je ne vois que cet habit bleu; vos hardes n'auront point été arrivées. Votre ballot de votre lit partira cette semaine; je vous manderai le jour. Nous vous enverrons aussi les galons que vous avez commandés, car il ne faut pas que le domestique soit déguenillé. Nous donnerons de l'argent à Adhémar malgré lui.

J'ai été enrhumée malgré moi, et j'ai gardé mon logis. Quasi tous vos amis ont pris ce temps pour me venir voir. L'abbé Têtu * m'a fort priée de le distinguer en vous écrivant. Je n'ai jamais vu une personne absente être si vive dans tous les cœurs; c'était à vous qu'était réservé ce miracle. Vous savez comme nous avons toujours trouvé qu'on se passait bien des gens; on ne se passe point de vous. Je passe ma vie à parler de vous; ceux qui m'écoutent le mieux sont ceux que je cherche le plus. N'allez point craindre que je sois ridicule, car outre que le sujet ne l'est pas, c'est que je connais parfaitement bien et les gens et le lieu, et ce qu'il faut dire et ce qu'il faut taire. Je dis un peu de bien de moi en passant; j'en demande pardon au Bourdaloue et au Mascaron. J'entends tous les matins ou l'un ou l'autre; un demi-quart des merveilles qu'ils disent devrait faire une sainte. Présentement, ma bonne, que vous n'êtes plus ici pour me faire conserver mon pauvre corps, je ne lui donne ni paix ni trêve, non plus qu'à mon esprit.

Je vous avoue, de bonne foi, ma petite, que je ne puis du tout m'accoutumer à vous savoir à deux cents lieues de moi. Je suis plus touchée que je ne l'étais lorsque vous étiez en chemin ; je repleure sur nouveaux frais. Je ne vois goutte dans votre cœur. Je me représente et m'imagine cent choses désagréables que je ne vous puis dire ; je ne vois pas même ce que pense M. de Grignan, ou enfin je ne sais comme tout est brouillé dans ma tête. Je vous vois accablée d'honneurs, et d'honneurs qui tiennent fort au nom que vous portez. Rien n'est plus grand ni plus considéré. Nulle famille ne peut être plus aimable ; vous y êtes adorée, à ce que je crois, car le Coadjuteur ne m'écrit plus. Mais je ne sais comme vous vous portez dans tout ce tracas.

C'est une sorte de vie étrange que celle des provinces ; on fait des affaires de tout. Je me représente que vous faites des merveilles, mais il faut savoir ce que ces merveilles vous coûtent, pour vous plaindre ou pour ne vous plaindre pas. L'idée que j'ai de vous ne me persuade pas que vous puissiez sans peine vous accoutumer à cette sorte de vie. Hélas ! Puis-je me flatter que je vous serais quelquefois bonne un moment ? Mes pensées sont intarissables sur votre sujet. Je pense tout, mais je ne vois goutte, et ne veux pas vous entretenir plus longtemps sur un sujet si vaste. J'ai vu Mme de Janson. J'ai cherché deux fois Mme de Maillane *[1]. Comment gouvernez-vous Monsieur de Marseille et vos États ? Il faut que votre bienvenue et votre présence rendent votre affaire sans difficulté.

---

1. Toujours dans la perspective de faire obtenir une subvention à M. de Grignan (cf. note 1, p. 47).

Je reçois votre lettre, ma chère enfant, et j'y fais réponse avec précipitation, parce qu'il est tard ; cela me fait approuver les avances de provision. Je vois bien que tout ce qu'on m'a dit de vos aventures à votre arrivée n'est pas vrai ; j'en suis très aise. Ces sortes de petits procès dans un lieu où l'on n'a rien autre chose dans la tête, font une éternité d'éclaircissements qui font mourir d'ennui. Je sais assez la manière des provinces pour ne vous point souhaiter ce tracas.

Mais vous êtes bien plaisante, Madame la Comtesse, de montrer mes lettres. Où est donc ce principe de cachoterie pour ce que vous aimez ? Vous souvient-il avec combien de peine vous vous résolviez enfin à nous confier les dates de celles de M. de Grignan ? Vous pensez m'apaiser par vos louanges, et me traiter toujours comme la *Gazette de Hollande* ; je m'en vengerai. Vous cachez les tendresses que je vous mande, friponne ; et moi je montre quelquefois, et à certaines gens, celles que vous m'écrivez. Je ne veux pas qu'on croie que j'ai pensé mourir, et que je pleure tous les jours, *pour qui ? pour une ingrate* [1]. Je veux qu'on voie que vous m'aimez, et que si vous avez mon cœur tout entier, j'ai une place dans le vôtre. Je ferai tous vos compliments. Chacun me demande : « Ne suis-je point nommé ? » Et je dis : « Non, pas encore, mais vous le serez. » Par exemple, nommez-moi un peu M. d'Ormesson, et les Mesmes. Il y a presse à votre souvenir ; ce que vous en envoyez ici est tout aussitôt enlevé. Ils ont raison, ma pauvre bonne, vous êtes aimable, et rien n'est comme vous. Voilà du moins

---

1. Vers d'*Andromaque* de Racine (acte V, sc. 4).

ce que vous cacherez, car, depuis Niobé[1], une mère n'a point parlé ainsi.

Pour M. de Grignan, il peut bien s'assurer que si jamais je puis revoir sa femme, je ne lui rendrai pas. Comment! ne me pas remercier d'un tel présent, ne me point dire qu'il est transporté! Il m'écrit pour me la demander, et ne me remercie pas quand je lui donne. Je comprends pourtant qu'il peut fort bien être accablé aussi bien que vous; ma colère ne tient à guère, et ma tendresse pour vous deux tient à beaucoup. Tout ce que vous me mandez est très plaisant; c'est dommage que vous n'avez eu le temps d'en dire davantage.

Votre cartère[2] est-elle toujours une caverne de larrons? Pour moi, j'en ai une plus précieuse que celle de feu Céladon; car c'était une cartère qu'on a nommée une panetière[3].

J'embrasse Bandol et me jette à son col; comment êtes-vous ensemble? Causez un peu avec moi, ma petite, quand vous aurez le loisir. Mon Dieu, que j'ai d'envie de recevoir de vos lettres! Il y a déjà près d'une demi-heure que je n'en ai reçu.

Je ne sais aucune nouvelle. Le Roi se porte fort bien; il va de Versailles à Saint-Germain, de Saint-Germain à Versailles. Tout est comme il était. La Reine fait sou-

---

1. Figure tragique de la mythologie romaine : mère de sept fils et de sept filles, Niobé se vanta tant de sa fécondité et de la beauté de ses enfants qu'elle provoqua la colère de Léto, mère d'Artémis et d'Apollon. Ces derniers tuèrent les enfants de Niobé à coups de flèches et celle-ci fut transformée en rocher.
2. Étui où l'on range ses papiers. Mme de Sévigné signifie que sa fille montre ses lettres à tout le monde.
3. Dans le roman *L'Astrée* d'Honoré d'Urfé, Céladon a rangé dans une « panetière » les lettres de la jeune femme dont il est amoureux et, malgré sa quasi-noyade dans les eaux du Lignon, il les a conservées en parfait état. Mme de Sévigné signifie que les lettres qu'elle reçoit de sa fille sont en lieu sûr.

vent ses dévotions, et va au salut du saint sacrement. Le P. Bourdaloue prêche; bon Dieu! tout est au-dessous des louanges qu'il mérite. L'autre jour notre Abbé y eut un démêlé avec Monsieur de Noyon, qui lui dit qu'il devait bien quitter sa place à un homme de la maison de Clermont. On a fort ri de ce titre, pour avoir la place d'un abbé à l'église. On a bien reconté là-dessus toutes les clefs de la maison de Tonnerre, et toute la science sur la pairie.

Je dîne tous les vendredis chez Le Mans avec M. de La Rochefoucauld, Mme de Brissac et Benserade, qui toujours y fait la joie de la compagnie. Votre santé y est toujours bue, et votre absence toujours regrettée. Si la Provence m'aime, je suis fort sa servante aussi. Conservez-moi l'honneur de ses bonnes grâces; j'y ferai mes compliments quand vous voudrez. Je vous ai donné un voyage; c'est à vous de le placer[1]. Je ne dis rien à M. de Vardes ni à mon ami Corbinelli; je les crois chez eux.

Je suis servante de Monsieur le Premier Président. Ménagez tout, et me mandez quand votre affaire sera faite.

J'aime votre fille à cause de vous; mes entrailles n'ont point encore pris le train des tendresses d'une grand-mère.

Adieu, ma très chère enfant. Je suis si absolument et si entièrement à vous qu'il n'est pas possible d'y ajouter la moindre chose. Je vous prie que je baise vos belles joues et que je vous embrasse tendrement, mais cela me fait pleurer.

1. Allusion à la possibilité d'un voyage de la marquise en Provence, projet dont il sera régulièrement question dans les lettres qui suivent.

5. À MADAME DE GRIGNAN

À Paris, ce vendredi 13ᵉ mars 1671.

Me voici à la joie de mon cœur, toute seule dans ma chambre à vous écrire paisiblement ; rien ne m'est si agréable que cet état. J'ai dîné aujourd'hui chez Mme de Lavardin, après avoir été en Bourdaloue, où étaient les *Mères de l'Église* ; c'est ainsi que j'appelle les princesses de Conti et de Longueville [1]. Tout ce qui est au monde était à ce sermon, et ce sermon était digne de tout ce qui l'écoutait. J'ai songé vingt fois à vous, et vous ai souhaitée autant de fois auprès de moi. Vous auriez été ravie de l'entendre, et moi encore plus ravie de vous le voir entendre.

M. de La Rochefoucauld a reçu très plaisamment, chez Mme de Lavardin, le compliment que vous lui faites ; on a fort parlé de vous. M. d'Ambres y était avec sa cousine de Brissac ; il a paru s'intéresser beaucoup à votre prétendu naufrage. On a parlé de votre hardiesse ; M. de La Rochefoucauld a dit que vous aviez voulu paraître brave, dans l'espérance que quelque charitable personne vous en empêcherait, et que n'en ayant point trouvé, vous aviez dû être dans le même embarras que Scaramouche [2].

Nous avons été voir à la foire une grande diablesse de femme, plus grande que Riberpré de toute la tête.

1. Les deux femmes, jansénistes, étaient célèbres pour leur piété.
2. L'inventeur de ce personnage de la comédie italienne, Tiberio Fiorelli, avait passé pour mort lors d'une traversée du Rhône.

Elle accoucha l'autre jour de deux gros enfants qui vinrent de front, les bras au côté; c'est une grande femme tout à fait.

J'ai été faire des compliments pour vous à l'hôtel de Rambouillet; on vous en rend mille. Mme de Montausier est au désespoir de ne vous pouvoir venir voir. J'ai été chez Mme du Puy-du-Fou. J'ai été pour la troisième fois chez Mme de Maillane. Je me fais rire en observant le plaisir que j'ai de faire toutes ces choses.

Au reste, si vous croyez les filles de la Reine enragées, vous croirez bien. Il y a huit jours que Mme de Ludres, Coëtlogon et la petite de Rouvroy furent mordues d'une petite chienne, qui était à Théobon. Cette petite chienne est morte enragée; de sorte que Ludres, Coëtlogon et Rouvroy sont parties ce matin pour aller à Dieppe, et se faire jeter trois fois dans la mer[1]. Ce voyage est triste; Benserade en était au désespoir. Théobon n'a pas voulu y aller, quoiqu'elle ait été mordue. La Reine ne veut pas qu'elle la serve qu'on ne sache ce qui arrivera de toute cette aventure. Ne trouvez-vous point, ma bonne, que Ludres ressemble à Andromède? Pour moi, je la vois attachée au rocher, et Tréville sur un cheval ailé, qui tue le monstre[2]. « *Ah, Jésus! matame te Crignan, l'étranse sose t'être zettée toute nue tans la mer.* »

En voici une, à mon sens encore plus étrange; c'est de coucher demain avec M. de Ventadour, comme fera Mlle d'Houdancourt. Je craindrais plus

1. La médecine de l'époque le recommandait. Un ordre du roi avait invité les dames mordues par le chien à se rendre à Dieppe.
2. Selon la légende antique, Andromède, attachée à un rocher, fut exposée à la fureur du monstre qui ravageait la contrée. Persée la délivra et l'épousa. Tréville passait pour l'amant de la dame.

ce monstre que celui d'Andromède, *contra il qual non vale l'elmo ne scudo*[1].

Voilà bien des *lanternes*, et je ne sais rien de vous. Vous croyez que je devine ce que vous faites mais j'y prends trop d'intérêt, et à votre santé et à l'état de votre esprit, pour n'en savoir que ce que je m'imagine. Les moindres circonstances sont chères de ceux qu'on aime parfaitement, autant qu'elles sont ennuyeuses des autres; nous l'avons dit mille fois, et cela est vrai.

La Vauvineux vous fait cent compliments; sa fille a été bien malade. Mme d'Arpajon l'a été aussi. Nommez-moi tout cela, à votre loisir, avec Mme de Verneuil. Voilà une lettre de Monsieur de Condom, qu'il m'a envoyée avec un billet fort joli. Votre frère entre sous les lois de Ninon. Je doute qu'elles lui soient bonnes; il y a des esprits à qui elles ne valent rien. Elle avait gâté son père. Il faut le recommander à Dieu; quand on est chrétienne, ou du moins qu'on le veut être, on ne peut voir ces dérèglements sans chagrin.

Ah! Bourdaloue, quelles divines vérités nous avez-vous dites aujourd'hui sur la mort[2]! Mme de Lafayette y était pour la première fois de sa vie; elle était transportée d'admiration. Elle est ravie de votre souvenir et vous embrasse de tout son cœur. Je lui ai donné une belle copie de votre portrait; il pare sa chambre, où vous n'êtes jamais oubliée.

Si vous êtes encore de l'humeur dont vous étiez à Sainte-Marie, et que vous gardiez mes lettres, voyez

1. Litt. : « contre lequel ni le casque ni le bouclier ne font l'affaire » (citation approximative de vers du *Triomphe de l'amour* de Pétrarque).
2. Le sermon du vendredi de la quatrième semaine de carême portait sur la mort de Lazare.

si vous n'avez pas reçu celle du 18 février. Adieu, ma
très aimable bonne. Vous dirai-je que je vous aime ?
C'est se moquer d'en être encore là ; cependant,
comme je suis ravie quand vous m'assurez de votre
tendresse, je vous assure de la mienne, afin de vous
donner de la joie, si vous êtes de mon humeur. Et ce
Grignan, mérite-t-il que je lui dise un mot ?

16. À MADAME DE GRIGNAN

À Paris, 15e mars 1671.

M. de La Brosse veut que ma lettre l'introduise
auprès de vous ; n'est-ce pas se moquer des gens ?
Vous savez l'estime et l'amitié que j'ai pour lui. Vous
savez que son père est l'un de mes plus anciens amis.
Vous savez vous-même le mérite de l'un et de l'autre,
et vous avez pour eux tous les sentiments que je voudrais vous inspirer. Vous voyez donc bien que ma
lettre ne peut lui être utile. C'est à moi qu'elle est très
bonne, car en vérité j'aime à vous écrire. C'est une
chose plaisante à observer que le plaisir qu'on prend
à parler, quoique de loin, à une personne que l'on
aime, et l'étrange pesanteur qu'on trouve à écrire aux
autres. Je me trouve heureuse d'avoir commencé ma
journée par vous. Le petit Pecquet était au chevet de
mon lit pour un épouvantable rhume, qui sera passé
quand vous recevrez cette lettre ; nous parlions de
vous, et de là je passe à vous écrire. Je dois passer
cette journée avec moins de chagrin que les autres.

Pour hier au soir, j'avais ici assez de gens, et j'étais
comme Benserade ; je me faisais un plaisir de ne
point coucher avec M. de Ventadour, comme cette

pauvre fille qui a eu cet honneur. Vous savez que Benserade ne se consolait de n'être pas M. d'Armagnac, que parce qu'il n'était pas M. de Saint-Hérem[1]. Mais qui me consolera de ne point recevoir de vos lettres ? Je ne comprends rien aux postes ; elles sont déréglées, et ces gens si obligeants, qui partent à minuit pour porter mes lettres, n'ont point assez de soin de me rapporter vos réponses. Nous parlons sans cesse de vos affaires, l'Abbé[2] et moi. Il vous rend compte de tout ; c'est pourquoi je ne vous dis rien. Votre santé, votre repos, vos affaires, ce sont les trois points de mon esprit, d'où je tire une conclusion que je vous laisse méditer.

17. À MADAME DE GRIGNAN

À Paris, ce mercredi 18e mars 1671.

Je reçois deux paquets ensemble, qui ont été retardés considérablement, puisque j'ai reçu une lettre du 4e mars écrite depuis une de celles-là. Aussi, ma bonne, je ne comprenais point que vous ne me disiez pas un mot de votre entrée à Aix, ni de quelle manière on vous y avait reçue. Vous deviez me dire si votre mari était avec vous et de quelle manière Vardes honorait votre triomphe. Du reste, vous me le représentez très plaisamment, avec votre embarras et vos civilités déplacées ; Bandol vous est d'un

---

1. Comprendre : Benserade se consolait de ne pas être aussi beau que M. d'Armagnac que parce qu'il n'avait pas la laideur de M. de Saint-Hérem.
2. L'abbé de Coulanges *.

grand secours. Et moi, ma petite, hélas! que je vous serais bonne! Ce n'est pas que je fisse mieux que vous, car je n'ai pas le don de placer si vite les noms sur les visages (au contraire, je fais tous les jours mille sottises là-dessus), mais je vous aiderais à faire des révérences. Ah! que vous êtes lasse, mon pauvre cœur, et que ce métier est tuant pour Mademoiselle de Sévigné, et même pour Madame de Grignan, toute civile qu'elle est! Je vois d'ici Mme du Canet*; M. de Coulanges me l'avait nommée, comme vous l'avez fait. Vous aurez trouvé sa chambre belle[1].

Vous me donnez une bonne espérance de votre affaire[2]; suivez-la constamment, et n'épargnez aucune civilité pour la faire réussir. Si vous la faites, soyez assurée que cela vaudra mieux qu'une terre de dix mille livres de rente. Pour vos autres affaires, je n'ose y penser, et j'y pense pourtant toujours. Rendez-vous la maîtresse de toutes choses; c'est ce qui vous peut sauver, et mettez au premier rang de vos desseins celui de ne vous point abîmer par une extrême dépense et de vous mettre en état, autant que vous pourrez, de ne pas renoncer à ce pays-ci. J'espère beaucoup de votre habileté et de votre sagesse. Vous avez de l'application; c'est la meilleure qualité qu'on puisse avoir pour ce que vous avez à faire.

Je ne suis pas de votre avis pour votre manière d'écrire : elle est parfaite; il y a des traits dans vos lettres où l'on ne souhaite rien. Si elles étaient de ce

1. Coulanges avait vu la chambre décorée par le duc de Vendôme dont doit parler Mme de Grignan dans sa lettre.
2. Allusion à la situation inquiétante des finances des Grignan et au souci de Mme de Sévigné de voir sa fille intervenir dans l'économie de la maison.

style à cinq sols[1] que vous honorez tant, je doute qu'elles fussent si bonnes.

Vous me dites que vous êtes fort aise que je sois persuadée de votre amitié, et que c'est un bonheur que vous n'avez pas eu quand nous avons été ensemble. Hélas! ma bonne, sans vouloir vous rien reprocher, tout le tort ne venait pas de mon côté. À quel prix inestimable ai-je toujours mis les moindres marques de votre amitié! En ai-je laissé passer aucune sans en être ravie? Mais aussi combien me suis-je trouvée inconsolable quand j'ai cru voir le contraire! Vous seule pouvez faire la joie de ma vie; je ne connais que vous et, hors de vous, tout est loin de moi. La raison me rapproche plusieurs choses, mais mon cœur n'en connaît qu'une. Dans cette disposition, jugez de ma sensibilité et de ma délicatesse, et de ce que j'ai pu sentir pour ce qui m'a éloignée très injustement de votre cœur. Mais laissons tous ces discours; je suis contente au-delà de tous mes désirs. Ce que je souffre, c'est par rapport à vous, et point du tout par vous.

Il y a présentement une nouvelle qui fait l'unique entretien de Paris. Le Roi a commandé à M. de Saissac* de se défaire de sa charge et, tout de suite, de sortir de Paris. Savez-vous pourquoi? Pour avoir trompé au jeu et avoir gagné cinq cent mille écus avec des cartes ajustées. Le cartier fut interrogé par le Roi même; il nia d'abord. Enfin, le Roi lui promettant son pardon, il avoua qu'il faisait ce métier depuis longtemps, et même cela se répandra plus loin, car il y a plusieurs maisons où il fournissait de ces bonnes cartes rangées. Le Roi a eu beaucoup de

---

1. Celui des manuels épistolaires qui se vendaient pour un prix modique.

peine à se résoudre à déshonorer un homme de la qualité de Saissac. Mais voyant depuis deux mois que tous ceux qu'il gagnait étaient ruinés, il a cru qu'il y allait de sa conscience à faire éclater cette friponnerie. Il savait si bien le jeu des autres que toujours il faisait va-tout sur la dame de pique, parce que les piques étaient dans les autres jeux, et le Roi perdait toujours à trente-et-un de trèfle et disait : « Le trèfle ne gagne point contre le pique en ce pays-ci. » Saissac avait donné trente pistoles aux valets de chambre de Mme de La Vallière pour jeter dans la rivière des cartes qu'ils avaient, qu'il ne trouvait point bonnes, et avait introduit son cartier. Celui qui le conduisait dans cette belle vie s'appelle Pradier, et s'est éclipsé aussitôt que le Roi défendit à Saissac de se trouver devant lui. S'il avait été innocent, il se serait mis en prison et aurait demandé qu'on lui fît son procès. Mais il n'a pas pris ce chemin, et a trouvé celui de Languedoc plus sûr. Plusieurs lui conseillaient celui de la Trappe[1], après un malheur comme celui-là. Voilà de quoi l'on parle uniquement.

J'ai vu enfin Mme de Janson chez elle ; je la trouve une très aimable et très raisonnable personne. J'écrirais à son beau-frère sans qu'il semblerait qu'on espère tout de lui, et comme il faut que Monsieur le Premier Président croie la même chose, il me semble qu'il ne faut rien séparer. Je vous demande seulement des compliments à l'un et à l'autre, comme vous le jugerez à propos. Je ferai des merveilles de tous vos souvenirs.

Mme d'Humières m'a chargée de mille amitiés pour vous ; elle s'en va à Lille, où elle sera honorée

_____
1. L'abbaye Notre-Dame de la Trappe, dans l'Orne.

comme vous l'êtes à Aix. Mon Dieu! ma bonne, je songe à vous sans cesse, et toujours avec une tendresse infinie. Je vous vois faire toutes vos révérences et vos civilités; vous faites fort bien, je vous en assure. Tâchez, mon enfant, de vous accommoder un peu de ce qui n'est pas mauvais; ne vous dégoûtez point de ce qui n'est que médiocre; faites-vous un plaisir de ce qui n'est pas ridicule.

Les *étoiles fixes et errantes* [1] de Mme du Canet m'ont fort réjouie. M. de Coulanges prétend que vous lui manderez votre avis des dames d'Aix. Il vient de m'apporter une relation admirable de tout votre voyage, que lui fait très agréablement M. de Rippert. Voilà justement ce que nous souhaitions. Il m'a montré aussi une lettre que vous lui écrivez, qui est très aimable. Toutes vos lettres me plaisent; je vois celles que je puis. La liaison de M. de Coulanges et de moi est extrême par le côté de la Provence; il me semble qu'il m'est bien plus proche qu'il n'était. Nous en parlons sans cesse. Quand les lettres de Provence arrivent, c'est une joie parmi tous ceux qui m'aiment, comme c'est une tristesse quand je suis longtemps sans en avoir. Lire vos lettres et vous écrire font la première affaire de ma vie. Tout fait place à ce commerce; aussi les autres me paraissent plaisants. Aimer comme je vous aime fait trouver frivoles toutes les autres amitiés. Pour vous écrire, soyez assurée que je n'y manque point deux fois la semaine [2]. Si l'on pouvait doubler, j'y serais tout aussi ponctuelle, mais ponctuelle par le plaisir que j'y prends, et non point pour l'avoir promis. Il y a quelques lettres de traverse, comme par exemple

1. Manière de désigner les amants attitrés et les autres.
2. Le courrier pour Marseille partait le mercredi et le vendredi.

par M. de La Brosse, qui partit lundi pour Aix. Faites-lui bien faire sa cour auprès de M. de Grignan.

Je reçus hier une lettre du Coadjuteur avec une que vous m'écrivîtes à Arles, avec Monsieur de Mende et Vardes. Elle est en italien ; elle m'a divertie. Je ferai réponse au prélat dans la même langue, avec l'aide de mes amis.

M. le marquis de Saint-Andiol m'est venu voir. Je le trouve fort honnête homme à voir ; il cause des mieux et n'a aucun air qui déplaise. Il m'a dit qu'il vous avait vue en chemin, belle comme un vrai ange. Il m'a fait transir en me parlant des chemins que vous alliez passer. Je lui ai montré la relation de Rippert, dont il a été ravi pour l'honneur de la Provence. Vardes a écrit ici des merveilles de vous, de votre esprit, de votre beauté. J'attends la relation de Corbinelli. J'admire plus que jamais M. d'Harouys*. Je lui témoignerai vos sentiments et les miens, mais un mot de vous vaut mieux que tout cela ; adressez-le-moi, afin que je m'en fasse honneur.

J'ai distribué fort à propos tous vos compliments ; on vous en rend au centuple. La Comtesse était ravie, et voulut voir son nom. Je n'ose hasarder vos civilités sans les avoir en poche, car quelquefois on me dit : « Que je voie mon nom. » J'en ai pourtant bien fait passer que je trouvais nécessaires.

Le maréchal de Bellefonds, par un pur sentiment de piété, s'est accommodé avec ses créanciers ; il leur a cédé le fonds de son bien, et donné plus de la moitié du revenu de sa charge pour achever de payer les arrérages. Cette exécution est belle, et fait bien voir que ses voyages à la Trappe ne sont pas inutiles.

Je fus voir l'autre jour cette duchesse de Ventadour ; elle était belle comme un ange. Mme de Nevers y vint, coiffée à faire rire ; il faut m'en croire, car vous savez comme j'aime la mode. La Martin l'avait bretaudée[1] par plaisir, comme un patron de mode excessive. Elle avait donc tous les cheveux coupés sur la tête et frisés naturellement par cent papillotes, qui lui font souffrir toute la nuit mort et passion. Tout cela fait une petite tête de chou ronde, sans nulle chose par les côtés : toute la tête nue et hurlupée[2]. Ma fille, c'était la plus ridicule chose qu'on peut s'imaginer. Elle n'avait point de coiffe. Mais encore passe, elle est jeune et jolie, mais toutes ces femmes de Saint-Germain, et cette La Mothe, se font testonner par la Martin. Cela est au point que le Roi et les dames sensées en pâment de rire. Elles en sont encore à cette jolie coiffure que Montgobert sait si bien : les boucles renversées, voilà tout. Elles se divertissent à voir outrer cette mode jusqu'à la folie.

Je viens de recevoir une lettre très tendre de Monsieur de Marseille de sorte que, contre ma résolution, je lui viens d'écrire. Ayez soin de me mander des nouvelles de votre affaire. Conservez bien l'amitié du Coadjuteur ; il m'écrit des merveilles de vous.

L'Abbé est fort content du soin que vous voulez prendre de vos affaires. Ne perdez point cette envie, ma bonne ; soyez seule maîtresse : c'est le salut de la maison de Grignan.

Hélas ! que ne donnerais-je pas pour voir un peu dans votre cœur sur plusieurs chapitres, ce lieu où

---

1. Brétauder : « raser la tête, tondre inégalement » (*Dictionnaire de l'Académie*).
2. Hérissée, ébouriffée.

je désire tant d'être, et où je prends tant d'intérêt ; mais hélas !... Adieu, ma très chère et très aimable enfant ; je vous aime plus que vous ne sauriez le désirer, quand ce serait le plus grand de vos désirs. J'embrasse M. de Grignan.

Votre frère est à Saint-Germain, et il est entre Ninon et une comédienne [1], Despréaux*, sur le tout. Nous lui faisons une vie enragée.

D'Hacqueville vous adore, et toujours nous parlons de la petite [2].

> *Dieux, quelle folie ! Dieux, quelle folie !*
> *Ma fille est aussi fort jolie.*

Du même jour, 18 mars.

Avant que d'envoyer mon paquet, je fais réponse à votre lettre du 11, que je reçois. Je suis plus désespérée que vous que l'on retarde...

DE MONSIEUR DE BARRILLON *

J'interromps la plus aimable mère du monde pour vous dire trois mots, qui ne seront guère bien arrangés, mais qui seront vrais. Sachez donc, Madame, que je vous ai toujours plus aimée que je ne vous l'ai dit, et que si jamais je gouverne, la Provence n'aura plus de gouvernante. En attendant, gouvernez-vous bien, et régnez doucement sur les peuples que Dieu a soumis à vos lois. Adieu, Madame, je quitte Paris sans regret.

C'est ce pauvre Barrillon qui m'a interrompue, et qui ne me trouve guère avancée de ne pouvoir pas encore recevoir de vos lettres sans pleurer. Je ne le puis, ma fille, mais ne souhaitez point que je le

---

1. Marie Desmares *.
2. Marie-Blanche, restée sous la garde de sa grand-mère.

puisse. Aimez mes tendresses, aimez mes faiblesses ; pour moi, je m'en accommode fort bien. Je les aime bien mieux que des sentiments de Sénèque et d'Épictète[1]. Je suis douce, tendre, ma chère enfant, jusqu'à la folie. Vous m'êtes toutes choses ; je ne connais que vous. Hélas ! je suis bien précisément comme vous pensez, c'est-à-dire d'aimer ceux qui vous aiment et qui se souviennent de vous ; je le sens tous les jours. Quand je trouvai *Mélusine*, le cœur me battit de colère et d'émotion. Elle s'approcha comme vous savez, et me dit : « Eh bien ! madame, êtes-vous bien fâchée[2] ? — Oui, madame, lui dis-je ; on ne peut pas plus. — Ah ! vraiment, je le crois, il faudra vous aller consoler. — Madame, n'en prenez pas la peine, ce serait une chose inutile. — Mais, me dit-elle, n'êtes-vous pas chez vous ? — Non, madame, on ne m'y trouve jamais. » Voilà notre dialogue. Je vous assure qu'elle est *débellée*[3], comme dit M. de Coulanges. Il ne me semble pas qu'elle ait une langue présentement.

Mais je veux revenir à mes lettres qu'on ne vous envoie point[4] ; j'en suis au désespoir. Croyez-vous qu'on les ouvre ? croyez-vous qu'on les garde ? Hélas ! je conjure ceux qui prennent cette peine de considérer le peu de plaisir qu'ils ont à cette lecture, et le chagrin qu'ils nous donnent. Messieurs, du moins ayez soin de les faire recacheter, afin qu'elles arrivent tôt ou tard.

1. Stoïciens, ces philosophes recommandaient l'impassibilité.
2. Au sens de « peinée ».
3. Défaite, comme à la guerre (*bellum*). L'hostilité entre les deux femmes semble calmée.
4. Le courrier a pris du retard. Mme de Sévigné s'en plaindra au surintendant des postes comme elle le note dans la lettre suivante.

Vous parlez de peinture ; vraiment, vous m'en faites une de l'habit de vos dames, qui vaut tout ce qu'une description peut valoir.

Vous dites que vous voudriez bien me voir entrer dans votre chambre, et m'entendre discourir. Hélas ! c'est ma folie que de vous voir, de vous parler, de vous entendre. Je me dévore de cette envie, et du déplaisir de ne vous avoir pas assez écoutée, pas assez regardée. Il me semble pourtant que je n'en perdais guère les moments, mais enfin, je n'en suis pas contente. Je suis folle, il n'y a rien de plus vrai, mais vous êtes obligée d'aimer ma folie. Je ne comprends pas comme on peut tant penser à une personne. N'aurai-je jamais tout pensé ? Non, que quand je ne penserai plus.

Le billet de M. de Grignan est très joli. Je lui ferai réponse, et je le prie de m'aimer toujours. Pour votre fille, je l'aime ; vous savez pourquoi et pour qui.

18. À MADAME DE GRIGNAN

À Paris, vendredi 20 mars 1671.

M. le coadjuteur de Reims était l'autre jour avec nous chez Mme de Coulanges. Je me plaignis à lui du désordre de la poste ; il me dit qu'elle lui faisait des tours aussi bien qu'à moi, qu'il vous avait écrit deux fois, et qu'il n'avait point eu de réponse. Mettez la main sur la conscience, ma bonne, et payez vos dettes. Il s'en est allé à Reims, et Mme de Coulanges lui disait : « Quelle folie d'aller à Reims ! et qu'allez-vous faire là ? Vous vous y ennuierez comme un chien. Demeurez ici, nous nous promènerons. »

Ce discours à un archevêque nous fit rire, et elle aussi. Nous ne le trouvâmes nullement canonique, et nous comprîmes pourtant que si plusieurs dames le faisaient à des prélats, elles ne perdraient pas leurs paroles.

M. de La Rochefoucauld m'a demandé plus de dix fois si vous n'aviez point reçu ses dragées ; enfin je lui ai dit toutes vos douceurs là-dessus. Voici une histoire qu'il vous envoie cette fois au lieu de dragées. Le comte d'Estrées lui a conté qu'en son voyage de Guinée, il se trouva parmi des chrétiens ; qu'étant entré dans une église, il y trouva vingt chanoines nègres tout nus, avec des bonnets carrés et une aumusse[1] au bras gauche, qui chantaient les louanges de Dieu. Il vous prie de faire réflexion sur cette rencontre, et de ne pas croire qu'ils eussent le moindre surplis, car ils étaient comme quand on sort du ventre de sa mère, et noirs comme des diables. Voilà ma commission.

Mme de Guise a fait un faux pas à Versailles. Elle n'en a rien dit ; elle est accouchée, à quatre mois, d'un pauvre petit garçon, qui n'a point été baptisé. Voilà un bel exemple pour se conserver, et pour ne point cacher ses fausses démarches[2].

D'Hacqueville vous a envoyé une assez plaisante chanson sur M. de Longueville. C'est à l'imitation d'un certain récit de ballet que vous ne connaissez point, et que je vous ai dit qui était le plus beau du monde[3]. Je le sais, et je le chante bien.

---

1. « Fourrure dont les chanoines se couvrent quelquefois la tête et qu'ils portent ordinairement sur le bras » (*Dictionnaire de l'Académie*).
2. Manière de mettre sa fille en garde au cas où elle serait bientôt enceinte.
3. Le solo du ballet de *Psyché*.

La lettre que vous avez écrite à Guitaut est fort jolie ; j'aime passionnément vos lettres. Si les miennes vous peignent bien ce que je dis, et que vous croyez le voir, vous vous souviendrez des chanoines de la Guinée.

On donna l'autre jour au P. Desmares un billet en montant en chaire. Il le lut avec ses lunettes. C'était :

> *De par Monseigneur de Paris,*
> *On déclare à tous les maris*
> *Que leurs femmes on baisera,*
> *Alleluia !*

Il en lut plus de la moitié ; on pensa mourir de rire. Il y a des gens de bonne humeur, comme vous voyez.

Je crois que vous savez que Mademoiselle a chassé Guilloire. Le pauvre Segrais* ne tient à guère. C'est qu'ils ont témoigné trop librement leurs sentiments sur M. de Lauzun.

Dites un petit mot dans une de vos lettres de Mme de Lavardin ; elle est toujours enthousiasmée de votre mérite, et moi, mon enfant, de la tendresse que j'ai pour vous. Si je ne vous en parle pas assez à mon gré, c'est par discrétion, mais, en un mot, vous m'occupez tout entière. Et sans vous donner aucun rendez-vous d'esprit, comme Mlle de Scudéry*, soyez assurée que vous ne sauriez penser à moi en aucun temps que je ne pense à vous ; vous n'y sauriez penser à faux, ma petite. Mais regardez un peu la lune, cette lune que je regarde aussi ; nous voyons la même chose, quoique à deux cents lieues loin l'une de l'autre.

19. À MADAME DE GRIGNAN

À Paris, ce samedi 21 mars 1671.

Je vous mandai l'autre jour la coiffure de Mme de Nevers, et dans quel excès la Martin avait poussé cette mode ; mais il y a une certaine médiocrité qui m'a charmée, et qu'il faut vous apprendre, afin que vous ne vous amusiez plus à faire cent petites boucles sur vos oreilles, qui sont défrisées en un moment, qui siéent mal, et qui ne sont non plus à la mode présentement que la coiffure de la reine Catherine de Médicis. Je vis hier la duchesse de Sully et la comtesse de Guiche. Leurs têtes sont charmantes ; je suis rendue. Cette coiffure est faite justement pour votre visage ; vous serez comme un ange, et cela est fait en un moment. Tout ce qui me fait de la peine, c'est que cette fontaine de la tête, découverte, me fait craindre pour les dents. Voici ce que *Trochanire*, qui vient de Saint-Germain, et moi, allons vous faire entendre si nous pouvons. Imaginez-vous une tête blonde partagée à la paysanne jusqu'à deux doigts du bourrelet. On coupe ses cheveux de chaque côté, d'étage en étage, dont on fait de grosses boucles rondes et négligées, qui ne viennent point plus bas qu'un doigt au-dessous de l'oreille ; cela fait quelque chose de fort jeune et de fort joli, et comme deux gros bouquets de cheveux de chaque côté. Il ne faut pas couper les cheveux trop court, car comme il les faut friser naturellement, les boucles qui en emportent beaucoup ont attrapé plusieurs dames, dont l'exemple doit faire trembler les autres. On met les rubans comme à l'ordinaire, et une grosse boucle nouée entre le bourrelet et la coiffure ; quelquefois on la laisse traîner jusque sur la gorge. Je ne sais si nous vous avons bien représenté cette mode ; je ferai coiffer une poupée pour vous envoyer. Et puis, au bout de tout cela, je meurs de peur que vous ne daigniez prendre toute cette peine, et que vous ne mettiez une coiffe jaune comme une petite chère[1]. Ce qui est vrai, c'est que la coiffure que sait Montgobert n'est plus supportable. Du reste, consultez votre paresse et vos dents, mais ne m'empêchez pas de souhaiter de pouvoir vous voir coiffée ici comme les autres. Je vous vois, vous me paraissez, et cette coiffure est faite pour vous. Mais qu'elle est ridicule à de certaines dames, dont l'âge ou la beauté ne conviennent pas !

DE MADAME DE LA TROCHE

Mme de Sévigné a voulu avoir l'avantage de vous décrire cette coiffure ; mais, ma belle, c'est moi qui lui ai dicté. Madame, vous serez ravissante ; tout ce que je crains, c'est que vous ayez regret à vos cheveux. Pour vous fortifier, je vous apprends que la Reine, et tout ce qu'il y a de filles et de femmes qui se coiffent à Saint-Germain, achevèrent de se les faire couper hier par La Vienne*, car c'est lui et Mlle de La Borde qui ont fait toutes les exécutions. Mme de Crussol vint lundi à Saint-Germain, coiffée à la mode. Elle alla au coucher de la Reine et lui dit : «Ah ! madame, Votre Majesté a donc pris notre coiffure ? — Votre coiffure, madame ? lui répliqua la Reine. Je vous assure que je ne veux point prendre votre coiffure ; je me suis fait couper les cheveux, parce que le Roi les trouve mieux ainsi, mais ce n'est point pour prendre votre coiffure. » On fut un peu surpris du ton avec lequel la Reine lui répondit. Mais regardez un peu aussi où elle allait prendre que c'était sa coiffure, parce que c'est celle de Mme de Montespan, de Mme de Nevers, et de la petite de Thianges, et de deux ou

---

1. C'est-à-dire comme une précieuse, en adoptant une coiffure passée de mode.

trois autres beautés charmantes qui l'ont hasardée les premières. Je vous ai vue vingt fois prête à l'inventer ; cela me fait croire que vous n'aurez point de peine à comprendre ce que nous vous en écrivons. Mme de Soubise, qui craint pour ses dents parce qu'elle a déjà été une fois attrapée aux coiffures à la paysanne [1], ne s'est point fait couper les cheveux, et Mlle de La Borde lui a fait une coiffure qui est tout aussi bien que les autres par les côtés ; mais le dessus de sa tête n'a garde d'être galant, comme celles dont on voit la racine des cheveux. Enfin, ma pauvre Madame, il n'est point question d'autre chose à Saint-Germain. Moi, qui ne me veux point faire couper les cheveux, je suis ennuyée à la mort d'en entendre parler.

Cette lettre est écrite hors d'œuvre, chez *Trocha-nire*. La Comtesse vous embrasse mille fois ; le Comte, que j'ai vu tantôt, en voudrait bien faire autant. Je lui ai dit votre souvenir et je le dirai à tous ceux que je trouverai en mon chemin.

Après tout, nous ne vous conseillons point de faire couper vos beaux cheveux. Et pour qui ? bon Dieu ! Cette mode durera peu ; elle est mortelle pour les dents. Taponnez-vous [2] seulement par grosses boucles, comme vous faisiez quelquefois, car les petites boucles rangées de Montgobert sont justement du temps du roi Guillemot [3].

À Paris, ce lundi 23 mars 1671.

N'est-il pas cruel, ma chère bonne, de n'avoir pas encore reçu vos lettres ? Voilà M. de Coulanges qui a reçu les siennes, et qui me vient insulter. Il m'a montré votre réponse à l'*Ex-voto* qui est tellement à mon gré que je l'ai lue deux fois avec plaisir. Ah ! que

1. Elles consistent en une raie au milieu de la tête.
2. Au sens de donner du mouvement aux cheveux.
3. Roi mythique qui sert à désigner des temps reculés.

vous écrivez à ma fantaisie ! Cet *Ex-voto* fut fait au bout de la table où je vous écrivais ; il me réjouit fort, et me fit souvenir du jour que je fus si malheureusement pendue. Vous souvient-il combien vous me fûtes cruelle ce jour-là ? Vous me condamnâtes sans miséricorde, et toute la sollicitation de d'Hacqueville ne put pas même vous obliger à revoir mon procès. Il est vrai que je fis une grande faute, mais aussi d'être pendue haut et court, comme je le fus, c'était une grande punition. La chanson de M. de Coulanges était bonne aussi [1]. Il y a plaisir à vous envoyer de jolies choses, vous y répondez délicieusement. Vous savez que rien n'attrape tant que quand on croit avoir écrit pour divertir ses amis, et qu'ils n'y ont pas pris garde, et qu'ils n'en disent pas un mot. Vous n'avez pas cette cruauté ; vous êtes aimable en tout et partout. Hélas ! combien êtes-vous aussi aimée ! combien de cœurs où vous êtes la première ! Il y a peu de gens qui puissent se vanter d'une telle chose. M. de Coulanges vous écrit la plus jolie lettre du monde, et d'après le naturel ; elle m'a fort divertie. Enfin les femmes sont folles. Il semble qu'elles aient toutes la tête cassée ; on leur met le premier appareil [2], et elles se reposent comme d'une opération. Cette folie vous réjouirait fort, si vous étiez ici.

Je fus hier chez M. de La Rochefoucauld ; je le trouvai criant les hauts cris des douleurs extrêmes de la goutte. Ses douleurs étaient au point que toute sa constance était vaincue, sans qu'il en restât un seul brin ; l'excès de ses douleurs l'agitait d'une telle

---

1. Philippe-Emmanuel de Coulanges avait composé une chanson sur l'incident.
2. Ensemble des pansements que l'on dispose sur une plaie (Mme de Sévigné ironise et parle de la coiffure en termes médicaux).

sorte qu'il était en l'air dans sa chaise, avec une fièvre violente. Il me fit une pitié extrême ; je ne l'avais jamais vu en cet état. Il me pria de vous le mander, et de vous assurer que les roués ne souffrent point en un moment ce qu'il souffre la moitié de sa vie, et qu'ainsi il souhaite la mort comme le coup de grâce. La nuit n'a pas été meilleure.

Suite, réponse au 14e mars.

Enfin je reçois cette lettre, et me voilà dans ma chambre, toute seule pour vous faire réponse. Voilà comme je fais avec tout le plaisir du monde. Au sortir d'un lieu où j'ai dîné, je reviens fort bien ici, et quand j'y trouve une de vos lettres, j'entre et j'écris. Rien n'est préféré à ce plaisir, et je languis après les jours de vous écrire, comme on craint les jours de poste pour écrire à ceux qu'on n'aime pas. Ah ! ma bonne, qu'il y a de la différence de ce que je sens pour vous et de ce qu'on sent pour ceux qu'on n'aime point ! Et vous voulez, après cela, que je lise de sang-froid ce péril que vous avez couru ? J'en ai été encore plus effrayée par les lettres qu'on m'a montrées d'Avignon et d'ailleurs que par les vôtres. Je comprends bien le dépit qui fit dire à M. de Grignan : « Vogue la galère ! » En vérité, vous êtes quelquefois capable de mettre au désespoir. Si vous m'aviez caché cette aventure, je l'aurais apprise d'ailleurs, et je vous en aurais su fort mauvais gré.

Je vous avoue que je serai fort mécontente de Monsieur de Marseille, s'il ne fait ce que nous souhaitons. Il a beau dire, je ne tâte point de son amour pour la province. Quand je vois qu'il ne dit rien pour empêcher les quatre cent cinquante mille francs et qu'il ne s'écrie que sur une bagatelle, je suis sa servante très humble. J'ai une extrême impatience de savoir ce qui sera enfin résolu.

Prenez garde que votre paresse ne vous fasse perdre votre argent au jeu; ces petites pertes fréquentes sont de petites pluies qui gâtent bien les chemins.

Je crains plus que vous mon voyage de Bretagne[1]. Il me semble que ce sera encore une autre séparation, une douleur sur une douleur, une absence sur une absence; enfin je commence de m'en affliger tout de bon. Ce sera vers le commencement de mai. Pour mon autre voyage, dont vous m'assurez que le chemin est libre, vous savez qu'il dépend de vous; je vous l'ai donné. Vous manderez à d'Hacqueville en quel temps vous voulez qu'il soit placé.

Vous ne me mandez point si vous êtes malade ou en santé; il y a des choses à quoi il faut répondre.

Mme d'Angoulême m'a dit qu'on lui avait mandé que vous étiez la plus honnête et la plus civile du monde. Voilà comme je vous aime et comme on vous aimera. Elle vous fait mille baisemains.

Vous ne voulez point du tout me dire la date des lettres que vous recevez de moi. J'ai un billet, mais je ne trouve pas ce que vous vouliez. Au moins, mandez-moi quand vous aurez reçu deux éventails que je vous donne et que je vous envoie par cette poste.

M. de Vivonne a une bonne mémoire de me faire un compliment si vieux. Il me semble que vous avez dû être bien aises de vous voir. Faites-lui mes compliments, je lui écrirai dans deux ans[2]. N'êtes-vous

---

1. La marquise va se rendre à Livry et s'éloigner ainsi davantage de sa fille.
2. On comprend que M. de Vivonne vient de féliciter la marquise du mariage de sa fille, qui a eu lieu deux ans auparavant.

pas à merveille avec Bandol ? dites-lui mille amitiés pour moi. Il a écrit à M. de Coulanges une lettre qui lui ressemble et qui est aimable.

Je vous embrasse, ma chère bonne. Si vous pouvez, aimez-moi toujours, puisque c'est la seule chose que je souhaite en ce monde pour la tranquillité de mon âme. Je souhaite bien d'autres choses pour vous. Enfin tout tourne ou sur vous, ou de vous, ou pour vous, ou par vous.

Je reviens de chez Mme de Villars ; elle vous adore. Je n'ai rien appris ; je vais faire mon paquet. Il est assez tard pour cela.

20. À MADAME DE GRIGNAN

À Livry[1], Mardi saint 24ᵉ mars 1671.

Voici une terrible causerie, ma pauvre bonne. Il y a trois heures que je suis ici ; je suis partie de Paris avec l'Abbé, Hélène, Hébert et *Marphise*[2], dans le dessein de me retirer pour jusqu'à jeudi au soir du monde et du bruit. Je prétends être en solitude. Je fais de ceci une petite Trappe ; je veux y prier Dieu, y faire mille réflexions. J'ai dessein d'y jeûner beaucoup par toutes sortes de raisons, marcher pour tout le temps que j'ai été dans ma chambre et, sur

1. C'est dans l'abbaye où elle a fait de nombreux séjours quand elle était enfant et dont l'abbé était son oncle Christophe de Coulanges que Mme de Sévigné entend venir se recueillir et faire ses Pâques.
2. La marquise est accompagnée de sa femme de chambre, de l'un de ses domestiques et de sa chienne, à laquelle elle a donné le nom d'une guerrière du *Roland furieux* de l'Arioste.

le tout, m'ennuyer pour l'amour de Dieu. Mais, ma pauvre bonne, ce que je ferai beaucoup mieux que tout cela, c'est de penser à vous. Je n'ai pas encore cessé depuis que je suis arrivée, et ne pouvant tenir tous mes sentiments, je me suis mise à vous écrire au bout de cette petite allée sombre que vous aimez, assise sur ce siège de mousse où je vous ai vue quelquefois couchée. Mais, mon Dieu, où ne vous ai-je point vue ici ? et de quelle façon toutes ces pensées me traversent-elles le cœur ? Il n'y a point d'endroit, point de lieu, ni dans la maison, ni dans l'église, ni dans le pays, ni dans le jardin, où je ne vous aie vue. Il n'y en a point qui ne me fasse souvenir de quelque chose de quelque manière que ce soit. Et de quelque façon que ce soit aussi, cela me perce le cœur. Je vous vois ; vous m'êtes présente. Je pense et repense à tout. Ma tête et mon esprit se creusent, mais j'ai beau tourner, j'ai beau chercher, cette chère enfant que j'aime avec tant de passion est à deux cents lieues de moi ; je ne l'ai plus. Sur cela, je pleure sans pouvoir m'en empêcher ; je n'en puis plus, ma chère bonne. Voilà qui est bien faible, mais pour moi, je ne sais point être forte contre une tendresse si juste et si naturelle. Je ne sais en quelle disposition vous serez en lisant cette lettre. Le hasard peut faire qu'elle viendra mal à propos, et qu'elle ne sera peut-être pas lue de la manière qu'elle est écrite. À cela je ne sais point de remède. Elle sert toujours à me soulager présentement ; c'est tout ce que je lui demande. L'état où ce lieu ici m'a mise est uîne chose incroyable. Je vous prie de ne point parler de mes faiblesses, mais vous devez les aimer, et respecter mes larmes qui viennent d'un cœur tout à vous.

À Livry, Jeudi saint 26ᵉ mars.

Si j'avais autant pleuré mes péchés que j'ai pleuré
pour vous depuis que je suis ici, je serais très bien
disposée pour faire mes pâques et mon jubilé[1]. J'ai
passé ici le temps que j'avais résolu de la manière
dont je l'avais imaginé, à la réserve de votre souvenir, qui m'a plus tourmentée que je ne l'avais prévu.
C'est une chose étrange qu'une imagination vive,
qui représente toutes choses comme si elles étaient
encore ; sur cela on songe au présent, et quand on a
le cœur comme je l'ai, on se meurt. Je ne sais où me
sauver de vous ; notre maison de Paris m'assomme
encore tous les jours, et Livry m'achève. Pour vous,
c'est par un effort de mémoire que vous pensez à
moi ; la Provence n'est point obligée de me rendre à
vous, comme ces lieux-ci doivent vous rendre à moi.
J'ai trouvé de la douceur dans la tristesse que j'ai
eue ici. Une grande solitude, un grand silence, un
office triste, des Ténèbres[2] chantées avec dévotion
(je n'avais jamais été à Livry la semaine sainte), un
jeûne canonique, et une beauté dans ces jardins,
dont vous seriez charmée : tout cela m'a plu. Hélas !
que je vous y ai souhaitée ! Quelque difficile que vous
soyez sur les solitudes, vous auriez été contente de
celle-ci. Mais je m'en retourne à Paris par nécessité.
J'y trouverai de vos lettres, et je veux demain aller à
la Passion du P. Bourdaloue ou du P. Mascaron ; j'ai
toujours honoré les belles passions. Adieu, ma chère
Comtesse. Voilà ce que vous aurez de Livry, j'achèverai cette lettre à Paris. Si j'avais eu la force de ne

1. « Indulgence plénière accordée par le pape à tous les fidèles. »
Faire son jubilé : « Faire toutes les pratiques de dévotion ordon-
nées par la bulle du jubilé » (*Dictionnaire de l'Académie*).
2. Office du vendredi saint.

vous point écrire d'ici, et de faire un sacrifice à Dieu de tout ce que j'y ai senti, cela vaudrait mieux que toutes les pénitences du monde. Mais, au lieu d'en faire un bon usage, j'ai cherché de la consolation à vous en parler. Ah! ma bonne, que cela est faible et misérable!

Suite. À Paris, ce Vendredi saint, 27 mars.

J'ai trouvé ici un gros paquet de vos lettres. Je ferai réponse aux hommes quand je ne serai pas du tout si dévote. En attendant, embrassez votre cher mari pour l'amour de moi; je suis touchée de son amitié et de sa lettre.

Je suis bien aise de savoir que le pont d'Avignon soit encore sur le dos du Coadjuteur[1]. C'est donc lui qui vous y a fait passer, car pour le pauvre Grignan, il se noyait par dépit contre vous; il aimait autant mourir que d'être avec des gens si déraisonnables. Le Coadjuteur est perdu d'avoir encore ce crime avec tant d'autres.

Je suis très obligée à Bandol de m'avoir fait une si agréable relation. Mais d'où vient, ma bonne, que vous craignez qu'une autre lettre efface la vôtre? Vous ne l'avez pas relue, car pour moi, qui les lis avec attention, elle m'a fait un plaisir sensible, un plaisir à n'être effacé par rien, un plaisir trop agréable pour un jour comme aujourd'hui. Vous contentez ma curiosité sur mille choses que je voulais savoir. Je me doutais bien que les prophéties auraient été entièrement fausses à l'égard de Vardes. Je me doutais bien aussi que vous n'auriez fait

1. Allusion au danger couru par les Grignan lors de leur passage à Avignon. L'anecdote sera racontée par Mme de Sévigné à la reine.

aucune incivilité. Je me doutais bien encore de l'ennui que vous avez, et ce qui vous surprendra, c'est que, quelque aversion que je vous aie toujours vue pour les narrations, j'ai cru que vous aviez trop d'esprit pour ne pas voir qu'elles sont quelquefois agréables et nécessaires. Je crois aussi qu'il n'y a rien qu'il faille entièrement bannir de la conversation, et qu'il faut que le jugement et les occasions y fassent entrer tour à tour ce qui est le plus à propos. Je ne sais pourquoi vous nous dites que vous ne contez pas bien ; je ne connais personne qui attache plus que vous. Ce ne serait pas une sorte de chose à souhaiter uniquement, mais quand cela est attaché à l'esprit et à la nécessité de ne rien dire qui ne soit agréable, je pense qu'on doit être bien aise de s'en acquitter comme vous faites.

Je tremble quand je songe que votre affaire pourrait ne pas réussir[1]. Ah ! ma bonne, il faut que Monsieur le Premier Président fasse l'impossible. Je ne sais plus où j'en suis de Monsieur de Marseille. Vous avez très bien fait de soutenir le personnage d'amie ; il faut voir s'il en sera digne. Il me vient une pointe[2] sur le mot de digne, mais je suis en dévotion.

Si j'avais présentement un verre d'eau sur la tête, il n'en tomberait pas une goutte. Si vous aviez vu notre homme de Livry le Jeudi saint, c'est bien pis que toute l'année. Il avait hier la tête plus droite qu'un cierge, et ses pas étaient si petits qu'il ne semblait pas qu'il marchât.

J'ai entendu la Passion du Mascaron, qui en vérité

1. Il s'agit toujours de l'obtention de finances pour les gardes de M. de Grignan.
2. Un mot d'esprit (sur M. de Marseille qui avait été évêque de Digne).

a été très belle et très touchante. J'avais grande envie de me jeter dans le Bourdaloue, mais l'impossibilité m'en a ôté le goût ; les laquais y étaient dès mercredi, et la presse était à mourir[1]. Je savais qu'il devait redire celle que M. de Grignan et moi entendîmes l'année passée aux Jésuites, et c'était pour cela que j'en avais envie. Elle était parfaitement belle, et je ne m'en souviens que comme d'un songe. Que je vous plains d'avoir eu un méchant prédicateur ! Mais pourquoi cela vous fait-il rire ? J'ai envie de vous dire encore ce que je vous dis une fois : « Ennuyez-vous, cela est si méchant. »

Je n'ai jamais pensé que vous ne fussiez pas très bien avec M. de Grignan ; je ne crois pas avoir témoigné que j'en doutasse. Tout au plus, je souhaitais d'en entendre un mot de lui ou de vous, non point par manière de nouvelle, mais pour me confirmer une chose que je souhaite avec tant de passion. La Provence ne serait pas supportable sans cela, et je comprends bien aisément les craintes qu'il a de vous y voir languir et mourir d'ennui. Nous avons, lui et moi, les mêmes symptômes. Il me mande que vous m'aimez ; je pense que vous ne doutez pas que ce ne me soit une chose agréable au delà de tout ce que je puis souhaiter en ce monde. Et par rapport à vous, jugez de l'intérêt que je prends à votre affaire. Elle est faite présentement, et je tremble d'en apprendre le succès.

Le maréchal d'Albret a gagné un procès de quarante mille livres de rente en fonds de terre. Il rentre dans tout le bien de ses grands-pères, et ruine tout

---

1. Les prédications avaient un tel succès que les maîtres, craignant de ne pas trouver de place le jour venu, envoyaient leurs valets pour leur en garder une. La presse désigne la foule.

le Béarn. Vingt familles avaient acheté et revendu ; il faut rendre tout cela avec les fruits depuis cent ans. C'est une épouvantable affaire pour les conséquences.

Vous êtes méchante de ne m'avoir point envoyé la réponse de Mme de Vaudémont ; je vous en avais priée, et je lui avais mandé. Que pensera-t-elle ?

Adieu, ma très chère. Je voudrais bien savoir quand je ne penserai plus tant à vous et à vos affaires. Il faut répondre :

> *Comment pourrais-je vous le dire ?*
> *Rien n'est plus incertain que l'heure de la mort* [1]

Je suis fâchée contre votre fille. Elle me reçut mal hier ; elle ne voulut jamais rire. Il me prend quelquefois envie de la mener en Bretagne pour me divertir.

J'envoie aujourd'hui mes lettres de bonne heure, mais cela ne fait rien. Ne les envoyiez-vous pas bien tard quand vous écriviez à M. de Grignan ? Comment les recevait-il ? Ce doit être la même chose. Adieu, petit démon qui me détournez ; je devrais être à Ténèbres il y a plus d'une heure.

Mon cher Grignan, je vous embrasse. Je ferai réponse à votre jolie lettre.

Je vous remercie de tous les compliments que vous faites. Je les distribue à propos ; on vous en fait toujours cent mille. Vous êtes encore toute vive partout. Je suis ravie de savoir que vous êtes belle ; je voudrais bien vous baiser. Mais quelle folie de mettre toujours cet habit bleu !

---

1. Vers d'un madrigal de Montreuil.

Ne soyez point en peine d'Adhémar. L'Abbé fera ce que vous désirez et n'a pas besoin de votre secours ; il s'en faut beaucoup.

21. À MADAME DE GRIGNAN

À Saint-Germain, ce lundi 30 mars 1671.

Je vous écris peu de nouvelles, ma chère Comtesse ; je me repose sur M. d'Hacqueville, qui vous les mande toutes. D'ailleurs je n'en sais point ; je serais toute propre à vous dire que Monsieur le Chancelier a pris un lavement.

Je vis hier une chose chez Mademoiselle qui me fit plaisir. La Gêvres[1] arrive, belle, charmante et de bonne grâce ; Mme d'Arpajon était au-dessus de moi. Je pense qu'elle s'attendait que je lui offrisse ma place, mais je lui en devais de l'autre jour ; je lui payai comptant, et ne branlai pas. Mademoiselle était au lit. Elle fut donc contrainte de se mettre au bas de l'estrade, cela est fâcheux. On apporte à boire à Mademoiselle ; il faut donner la serviette. Je vois Mme de Gêvres qui dégante sa main maigre. Je pousse Mme d'Arpajon ; elle m'entend et se dégante, et d'une très bonne grâce, avance un pas, coupe la Gêvres, et prend, et donne la serviette. La Gêvres en a toute la honte, et est demeurée fort penaude. Elle était montée sur l'estrade, elle avait ôté ses gants, et

1. La femme du duc de Gèvres, au service de Mademoiselle, cherche ici à « couper » le geste de Mme d'Arpajon (l'étiquette exigeait que les plus menus services soient rendus aux membres de la famille royale par des personnes du plus haut rang).

tout cela pour voir donner la serviette de plus près par Mme d'Arpajon. Ma bonne, je suis méchante ; cela m'a réjouie. C'est bien employé : a-t-on jamais vu accourir pour ôter à Mme d'Arpajon, qui est dans la ruelle, un petit honneur qui lui vient tout naturellement ? La Puisieux s'en est épanoui la rate, Mademoiselle n'osait lever les yeux, et moi j'avais une mine qui ne valait rien. Après cela, on a dit cent mille biens de vous, et Mademoiselle m'a commandé de vous dire qu'elle était fort aise que vous ne fussiez point noyée, et que vous fussiez en bonne santé.

Nous fûmes de là chez Mme Colbert, qui me demanda de vos nouvelles. Voilà de terribles bagatelles, mais je ne sais rien. Vous voyez que je ne suis plus dévote. Hélas ! j'aurais bien besoin des matines et de la solitude de Livry. Si est-ce que je vous donnerai ces deux livres de La Fontaine[1], quand vous devriez être en colère [*sic*]. Il y a des endroits jolis et très jolis, et d'autres ennuyeux. On ne veut jamais se contenter d'avoir bien fait ; en croyant mieux faire, on fait mal.

À Paris, mercredi 1er avril.

Je revins hier de Saint-Germain et j'écrivis les nouvelles que j'y avais apprises. J'étais avec Mme d'Arpajon. Le nombre de ceux qui me demandèrent de vos nouvelles est aussi grand que celui de tous ceux qui composent la cour. Je pense qu'il est bon

1. La troisième partie des *Contes* et les *Fables nouvelles* qui venaient de paraître. En 1668, La Fontaine avait dédié à Françoise de Sévigné *Le Lion amoureux* (il y raillait son indifférence aux compliments).

de distinguer la Reine, qui fit un pas vers moi, et me demanda des nouvelles de ma fille, et qu'elle avait ouï dire que vous aviez pensé vous noyer. Je la remerciai de l'honneur qu'elle vous faisait de se souvenir de vous. Elle reprit la parole, et me dit : « Contez-moi comme elle a pensé périr. » Je me mis à lui conter votre belle hardiesse de vouloir traverser le Rhône par un grand vent, et que ce vent vous avait jetée rapidement sous une arche, à deux doigts du pilier, où vous auriez péri mille fois, si vous l'aviez touché. Elle me dit : « Et son mari était-il avec elle ? — Oui, madame, et Monsieur le Coadjuteur aussi. — Vraiment ils ont grand tort », reprit-elle, et fit des hélas, et dit des choses très obligeantes pour vous.

Après cela, il vint bien des duchesses, entre autres la jeune Ventadour, très belle et jolie. On fut quelques moments sans lui apporter ce divin tabouret. Je me tournai vers Monsieur le Grand Maître, et je dis : « Hélas ! qu'on le lui donne, il lui coûte assez cher[1]. » Il fut de mon avis.

Au milieu du silence du cercle, la Reine se tourne, et me dit : « À qui ressemble votre petite-fille ? — Madame, lui dis-je, elle ressemble à M. de Grignan. » Elle fit un cri : « J'en suis fâchée », et me dit doucement : « Elle aurait bien mieux fait de ressembler à sa mère ou à sa grand-mère. » Voilà comme vous me faites faire ma cour, ma pauvre bonne.

Le maréchal de Bellefonds m'a fait promettre de le tirer de la presse ; et Mme de Duras et son mari, à qui j'ai fait vos compliments, et MM. de Charos et de

---

1. Pour disposer de ce privilège, la jeune Ventadour avait épousé un homme considéré comme particulièrement horrible. M. le grand maître (de l'artillerie) désigne M. de Lude.

Montausier, et *tutti quanti*. J'ai donné votre lettre à Monsieur de Condom. J'oubliais Monsieur le Dauphin et Mademoiselle. Je lui ai parlé de Segrais, à la romaine [1] prenant son parti, mais elle n'est pas traitable sur ce qui touche à neuf cents lieues près de la vue d'un certain cap, d'où l'on découvre les terres de Micomicon [2].

J'ai vu Mme de Ludres. Elle me vint aborder avec une surabondance d'amitié qui me surprit. Elle me parla de vous sur le même ton, et puis, tout d'un coup, comme je pensais répondre, je trouvai qu'elle ne m'écoutait plus, et que ses beaux yeux trottaient par la chambre; je le vis promptement, et ceux qui virent que je le voyais me surent bon gré de l'avoir vu, et se mirent à rire. Elle a été plongée dans la mer. La mer l'a vue toute nue, et sa fierté en est augmentée; j'entends de la mer, car pour la belle, elle en était fort humiliée [3].

Les coiffures hurlubrelu m'ont fort divertie; il y en a que l'on voudrait souffleter. La Choiseul ressemblait, comme dit Ninon, à un printemps d'hôtellerie comme deux gouttes d'eau; cette comparaison est excellente.

Mais qu'elle est dangereuse, cette Ninon! Si vous saviez comme elle dogmatise sur la religion, cela vous ferait horreur. Son zèle pour pervertir les jeunes gens est pareil à celui d'un certain M. de Saint-Germain, que nous avons vu une fois à Livry. Elle trouve que votre frère a la simplicité de la colombe; il ressemble à sa mère. C'est Mme de

1. Avec franchise.
2. Royaume de fantaisie tiré du *Don Quichotte* de Cervantès (IVe partie, ch. XXIX).
3. Cf. lettre 15.

Grignan qui a tout le sel de la maison, et qui n'est pas si sotte que d'être dans cette docilité. Quelqu'un pensa prendre votre parti, et voulut lui ôter l'estime qu'elle a pour vous ; elle le fit taire, et dit qu'elle en savait plus que lui. Quelle corruption ! Quoi ! parce qu'elle vous trouve belle et spirituelle, elle veut joindre à cela cette autre bonne qualité, sans laquelle, selon ses maximes, on ne peut être parfaite ? Je suis vivement touchée du mal qu'elle fait à mon fils sur ce chapitre ; ne lui en mandez rien. Nous faisons nos efforts, Mme de Lafayette et moi, pour le dépêtrer d'un engagement si dangereux. Il a de plus une petite comédienne, et tous les Despréaux et les Racine, et paie les soupers. Enfin c'est une vraie diablerie. Il se moque des Mascaron comme vous avez vu ; vraiment il lui faudrait votre minime [1].

Je n'ai jamais rien vu de si plaisant que ce que vous m'écrivez là-dessus. Je l'ai lu à M. de La Rochefoucauld ; il en a ri de tout son cœur. Il vous mande qu'il y a un certain apôtre qui court après sa côte, et qui voudrait bien se l'approprier comme son bien ; mais il n'a pas l'art de suivre les grandes entreprises. Je pense que *Mélusine* est dans un trou ; nous n'en entendons pas dire un seul mot. Il vous dit encore que s'il avait seulement trente ans de moins que ce qu'il a, il en voudrait fort à la troisième côte de M. de Grignan. L'endroit où vous dites qu'il a deux côtes rompues le fit éclater. Nous vous souhaitons toujours quelque sorte de folie qui vous divertisse. Mais nous craignons bien que celle-là n'ait été meilleure pour

---

1. Comprendre : pour le remettre sur le droit chemin, il faudrait à Charles de Sévigné quelque religieux comme celui qui a été entendu par sa fille (appartenant à l'ordre des minimes).

nous que pour vous. Après tout, nous vous plaignons de n'entendre parler de Dieu que de cette sorte.

Ah! Bourdaloue! Il fit, à ce qu'on m'a dit, une Passion plus parfaite que tout ce qu'on peut imaginer; c'était celle de l'année passée, qu'il avait rajustée, selon ce que ses amis lui avaient conseillé, afin qu'elle fût inimitable. Comment peut-on aimer Dieu, quand on n'entend jamais bien parler de lui? Il vous faut des grâces plus particulières qu'aux autres. Nous entendîmes l'autre jour l'abbé de Montmor. Je n'ai jamais ouï un si bon jeune sermon; je vous en souhaiterais autant à la place de votre minime. Il fit le signe de la croix, il dit son texte, il ne nous gronda point, il ne nous dit point d'injures. Il nous pria de ne point craindre la mort, puisqu'elle était le seul passage que nous eussions pour ressusciter avec Jésus-Christ; nous le lui accordâmes. Nous fûmes tous contents. Il n'a rien qui choque. Il imite Monsieur d'Agen sans le copier. Il est hardi, il est modeste, il est savant, il est dévot. Enfin, j'en fus contente au dernier point.

Mme de Vauvineux vous rend mille grâces; sa fille a été très mal. Mme d'Arpajon vous embrasse mille fois, et surtout M. Le Camus vous adore. Et moi, ma pauvre bonne, que pensez-vous que je fasse? Vous aimer, penser à vous, m'attendrir à tout moment plus que je ne voudrais, m'occuper de vos affaires, m'inquiéter de ce que vous pensez, sentir vos ennuis et vos peines, les vouloir souffrir pour vous, s'il était possible, écumer[1] votre cœur, comme j'écumais votre chambre des fâcheux dont je la voyais remplie; en un mot, ma bonne, comprendre vivement ce que c'est d'aimer quelqu'un plus que soi-même : voilà

---

1. « Retenir le moins bon » (*Dictionnaire de l'Académie*).

comme je suis. C'est une chose qu'on dit souvent en l'air ; on abuse de cette expression. Moi, je la répète et sans la profaner jamais ; je la sens tout entière en moi, et cela est vrai.

Je reçois, ma bonne, votre grande et très aimable lettre du 24. M. de Grignan est plaisant de croire qu'on ne les lit qu'avec peine ; il se fait tort. Veut-il que nous croyions qu'il n'a pas toujours lu les vôtres avec transport ? Si cela n'était pas, il en était bien indigne. Pour moi, je les aime jusqu'à la folie. Je les lis et les relis. Elles me réjouissent le cœur, elles me font pleurer. Elles sont écrites à ma fantaisie. Une seule chose ne va pas bien ; il n'y a pas de raison à toutes les louanges que vous me donnez. Il n'y en a point aussi à la longueur de cette lettre ; il faut la finir, et mettre des bornes à ce qui n'en aurait point, si je me croyais. Adieu, ma très aimable bonne. Comptez bien sur ma tendresse, qui ne finira jamais.

22. À MADAME DE GRIGNAN

À Paris, vendredi 3 avril 1671.

Voilà une infinité de lettres que je vous conjure de distribuer. Je souhaite que les deux qui sont ouvertes vous plaisent. Elles sont écrites d'un trait ; vous savez que je ne reprends guère que pour faire plus mal. Si nous étions plus près, je pourrais les raccommoder à votre fantaisie, dont je fais grand cas ; mais de si loin, que faire ? Vous m'avez ravie d'écrire à M. Le Camus ; votre bon sens a fait comme si Castor et

Pollux vous avaient porté ma pensée. Voilà ses réponses. La lettre que votre frère vous écrit nous fit hier rire chez M. de La Rochefoucauld.

Je vis Monsieur le Duc chez Mme de Lafayette. Il me demanda de vos nouvelles avec empressement. Il me pria de vous dire qu'il s'en va aux états de Bourgogne, et qu'il jugera, par l'ennui qu'il aura dans son triomphe, de celui que vous aurez eu dans le vôtre. Mme de Brissac arriva ; il y a entre eux un air de guerre ou de mauvaise paix qui nous réjouit. Nous trouvâmes qu'ils jouaient aux petits soufflets[1], comme vous jouiez autrefois avec lui. Il y a un air d'agacerie au travers de tout cela, qui divertit ceux qui observent. La Marans arriva là-dessus ; elle sentait la chair fraîche. Sans nous être concertées, Mme de Lafayette et moi, voici ce que nous lui répondîmes, quand elle nous pria qu'elle pût venir avec nous passer le soir chez *son fils*. Elle me dit : « Madame, vous pourrez bien me remener, n'est-il pas vrai ? — Pardonnez-moi, madame ; car il faut que je passe chez Mme du Puy-du-Fou. » Menterie, j'y avais déjà été. Elle s'en va à Mme de Lafayette : « Madame, lui dit-elle, *mon fils* me renverra bien ? — Non, madame, il ne le pourra pas ; il vendit hier ses chevaux au marquis de Ragni. » Menterie, c'était un marché en l'air. Un moment après, Mme de Schomberg* la vint *reprendre, quoiqu'elle ne la puisse pas vendre*, et elle fut contrainte de s'en aller, et de quitter une représentation d'amour, et l'espérance de voir *son fils* avec nous. Elle emporta tout cela sur son cœur avec la rage pêle-mêle. Et puis

---

1. Selon Roger Duchêne, Mme de Sévigné signifierait ainsi l'alternance de brouilles et de réconciliations entre les deux personnes.

Mme de Lafayette et moi, nous vous consacrâmes nos deux réponses, ne voulant perdre aucune occasion d'offrir à votre vengeance nos brutalités pour elle. Je me suis chargée de vous rendre compte de celle-ci; nous souhaitons qu'elle vous réjouisse autant que nous. Je m'en vais dîner en Lavardin. Je fermerai ma lettre ce soir, mais en vérité je ne veux pas la faire longue; vous me paraissez accablée.

Vendredi au soir.

J'ai dîné en lavardinage c'est-à-dire en *bavardinage*; je n'ai jamais rien vu de pareil. Mme de Brissac ne nous a pas consolés de M. de La Rochefoucauld ni de Benserade, quoiqu'elle fût dans ses belles humeurs.

Le Roi a voulu que Mme de Longueville se raccommodât avec Mademoiselle. Elles se sont trouvées aujourd'hui aux Carmélites, et cette réconciliation s'est faite. Mademoiselle a donné cinquante mille francs à Guilloire; nous voudrions bien qu'elle en donnât autant à Segrais. M. le marquis d'Ambres est enfin reçu à l'autre lieutenance de Roi de Guyenne, moyennant deux cent mille francs. Je ne sais si son régiment entre en paiement; je vous le manderai.

Adieu, ma très aimable enfant; je ne veux point vous fatiguer, il y a raison partout.

23. À MADAME DE GRIGNAN

De Paris, ce mercredi 8ᵉ avril 1671.

Je commence à recevoir vos lettres le dimanche; c'est signe que le temps est beau. Mon Dieu, ma bonne, que vos lettres sont aimables ! Il y a des endroits dignes de l'impression ; un de ces jours vous trouverez qu'un de vos amis vous aura trahie.

Vous êtes en dévotion. Vous avez trouvé nos pauvres sœurs ; vous y avez une cellule. Mais ne vous y creusez point trop l'esprit. Les rêveries sont quelquefois si noires qu'elles font mourir ; vous savez qu'il faut un peu glisser sur les pensées. Vous trouverez de la douceur dans cette maison, dont vous êtes la maîtresse. J'admire la manière de vos dames pour la communion ; elle est extraordinaire. Pour moi, je ne pourrais pas m'y accoutumer. Je crois que vous en baisserez davantage vos coiffes. Je comprends que vous auriez bien moins de peine à ne vous point friser qu'à vous taire de ce que vous voyez.

La description des cérémonies [1] est une pièce achevée. Mais savez-vous bien qu'elle m'échauffe le sang, et que j'admire que vous y puissiez résister ? Vous croyez que je serais admirable en Provence, et que je ferais des merveilles sur ma petite bonté. Point du tout, je serais brutale ; la déraison me pique, et le manque de bonne foi m'offense. Je leur dirais : « Madame, voyons donc à quoi nous en sommes. Faut-il vous reconduire ? ne m'en empêchez donc point, et ne perdons pas notre temps et notre poumon. Si vous ne le voulez point, trouvez bon que je n'en fasse point les façons. » Et si elles ne voulaient pas, je leur ferais tout haut votre compliment intérieur. Je ne m'étonne pas si cette sorte de manège vous impatiente ; j'y ferais moins bien que vous.

Parlons un peu de votre frère ; il a eu son congé de Ninon. Elle s'est lassée d'aimer sans être aimée. Elle

---

1. Les mondanités décrites dans la lettre de sa fille.

a redemandé ses lettres, on les a rendues. J'ai été fort aise de cette séparation. Je lui disais toujours un petit mot de Dieu, et le faisais souvenir de ses bons sentiments passés, et le priais de ne point étouffer le Saint-Esprit dans son cœur. Sans cette liberté de lui dire en passant quelque mot, je n'aurais pas souffert cette confidence dont je n'avais que faire. Mais ce n'est pas tout. Quand on rompt d'un côté, on croit se racquitter de l'autre ; on se trompe. La jeune merveille n'a pas rompu, mais je crois qu'elle rompra. Voici pourquoi : mon fils vint hier me chercher du bout de Paris pour me dire l'accident qui lui était arrivé. Il avait trouvé une occasion favorable, et cependant oserais-je le dire ? *Son dada demeura court à Lérida* [1]. Ce fut une chose étrange ; la demoiselle ne s'était jamais trouvée à telle fête. Le cavalier en désordre sortit en déroute, croyant être ensorcelé. Et ce qui vous paraîtra plaisant, c'est qu'il mourait d'envie de me conter sa déconvenue. Nous rîmes fort ; je lui dis que j'étais ravie qu'il fût puni par où il avait péché. Il s'est pris à moi, et me dit que je lui avais donné de ma glace, qu'il se passerait fort bien de cette ressemblance, que j'aurais bien mieux fait de la donner à ma fille. Il voulait que Pecquet le restaurât. Il disait les plus folles choses du monde, et moi aussi. C'était une scène digne de Molière. Ce qui est vrai, c'est qu'il a l'imagination tellement bridée que je crois qu'il n'en reviendra pas sitôt. J'eus beau l'assurer que tout l'empire amoureux est rempli d'histoires tragiques, il ne peut se consoler. La petite *Chimène* [2] dit

1. Allusion à l'insuccès de Condé au siège de Lérida en 1647. Mme de Sévigné reprend l'expression pour parler de l'impuissance de son fils.
2. Aimable comme l'héroïne du *Cid* de Corneille.

qu'elle voit bien qu'il ne l'aime plus, et se console ailleurs. Enfin c'est un désordre qui me fait rire, et que je voudrais de tout mon cœur qui le pût retirer d'un état si malheureux à l'égard de Dieu.

Il me contait l'autre jour qu'un comédien voulait se marier, quoiqu'il eût un certain mal un peu dangereux; et son camarade lui dit : « Eh, morbleu ! attends que tu sois guéri; tu nous perdras tous. » Cela m'a paru fort épigramme [1].

Ninon disait l'autre jour à mon fils qu'il était une vraie citrouille fricassée dans la neige [2]. Vous voyez ce que c'est que de voir bonne compagnie; on apprend mille gentillesses.

Je n'ai point encore loué votre appartement, quoiqu'il vienne tous les jours des gens pour le voir, et que je l'aie laissé pour moins de cinq cents écus.

Pour votre enfant, voici de ses nouvelles. Je la trouvai pâle ces jours passés. Je trouvai que jamais les tétons de sa nourrice ne s'enfuyaient. La fantaisie me prit de croire qu'elle n'avait pas assez de lait. J'envoyai quérir Pecquet, qui trouva que j'étais fort habile et me dit qu'il fallait voir encore quelques jours. Il revint au bout de deux ou trois; il trouva que la petite diminuait. Je vais chez Mme du Puy-du-Fou. Elle vient ici; elle trouve la même chose, mais parce qu'elle ne conclut jamais, elle disait qu'il fallait voir. « Et quoi voir, lui dis-je, madame ? » Je trouve par hasard une femme de Sucy, qui me dit qu'elle y connaissait une nourrice admirable; je l'ai fait venir. Ce fut samedi. Dimanche, j'allai chez Mme de Bournonville lui dire le déplaisir que j'avais

1. Fort digne de faire une épigramme comme il en circulait à l'époque.
2. Nouvelle allusion au peu d'ardeur du jeune Sévigné.

d'être obligée de lui rendre sa jolie nourrice. M. Pecquet était avec moi, qui dit l'état de l'enfant. L'après-
dîner, une demoiselle de Mme de Bournonville vient
au logis, et sans rien dire du sujet de sa venue, elle
prie la nourrice de venir faire un tour chez Mme de
Bournonville. Elle y va. On l'emmène le soir, on lui
dit qu'elle ne retournerait plus ; elle se désespère. Le
lendemain, je lui envoie dix louis d'or pour quatre
mois et demi ; voilà qui est fait. Je fus chez Mme du
Puy-du-Fou, qui m'approuva. Et pour la petite, je la
mis dès dimanche entre les mains de l'autre nourrice. Ce fut un plaisir de la voir téter ; elle n'avait
jamais tété de cette sorte. Sa nourrice avait peu de
lait ; celle-ci en a comme une vache. C'est une bonne
paysanne, sans façon, de belles dents, des cheveux
noirs, un teint hâlé, âgée de vingt-quatre ans. Son
lait a quatre mois ; son enfant est beau comme un
ange. Pecquet est ravi de songer que la petite n'a plus
de besoin. On voyait qu'elle en avait et qu'elle cherchait toujours. J'ai acquis une grande réputation
dans cette occasion ; je suis du moins, comme l'apo-
thicaire de Pourceaugnac, expéditive [1]. Je ne dormais
plus en repos de songer que la petite languissait, et
de chagrin aussi d'ôter cette jolie femme, qui pour
sa personne était à souhait ; il ne lui manquait rien
que du lait. Je donne à celle-ci deux cent cinquante
livres par an et je l'habillerai, mais ce sera fort
modestement. Voilà comme nous disposons de vos
affaires.

Je pars à peu près dans un mois, ou cinq semaines.
Ma tante demeure ici, qui sera ravie d'avoir cet
enfant ; elle ne va point cette année à La Trousse.

---

1. Dans *Monsieur de Pourceaugnac* de Molière, c'est le médecin
qui est « expéditif » (acte I, sc. 5).

Si la nourrice était femme à quitter de loin son ménage, je crois que je la mènerais en Bretagne, mais elle ne voulait seulement pas venir à Paris. Votre petite devient aimable ; on s'y attache. Elle sera dans quinze jours une pataude blanche comme de la neige, qui ne cessera de rire. Voilà, ma bonne, de terribles détails. Vous ne me connaissez plus. Me voilà une vraie commère ; je m'en vais régenter dans mon quartier. Pour vous dire le vrai, c'est que je suis une autre personne, quand je suis chargée d'une chose toute seule ou que je la partage avec plusieurs. Ne me remerciez de rien ; gardez vos cérémonies pour vos dames. J'aime votre petit ménage tendrement. Ce m'est un plaisir et point du tout une charge, ni à vous assurément ; je ne m'en aperçois pas. Ma tante a bien fait aussi. Elle est venue avec moi en bien des lieux ; remerciez-la, et contez tout ceci à la petite Deville ; je voulais lui écrire. Dites aussi un mot pour Segrais dans votre première lettre.

Une Mme de La Guette, qui m'a donné la nourrice, vous prie de savoir de M. le cardinal de Grimaldi s'il voudrait souffrir à Aix la fondation des filles de la Croix, qui instruisent les jeunes filles et dont on en reçoit en plusieurs villes une fort grande utilité. N'oubliez pas de répondre à ceci.

La Marans disait l'autre jour chez Mme de Lafayette : « Ah, mon Dieu ! il faut que je me fasse couper les cheveux. » Mme de Lafayette lui répondit bonnement : « Ah, mon Dieu ! madame, ne le faites point ; cela ne sied bien qu'aux jeunes personnes. » Si vous n'aimez ces traits-là, dites mieux. Voilà une lettre de Monsieur de Marseille.

M. d'Ambres donne son régiment au Roi pour quatre-vingt mille francs et cent vingt mille livres ; voilà les deux cent mille francs. Il est fort content d'être hors de l'infanterie, c'est-à-dire de l'hôpital. Eh, mon Dieu! ma très chère bonne, tâchez bien de l'éviter. Ne faites point si grande chère; on en parle ici comme d'un excès. M. de Monaco ne s'en peut taire. Mais surtout essayez de vendre une terre; il n'y a point d'autre ressource pour vous. Je ne pense qu'à vous; si, par un miracle que je n'espère ni ne veux, vous étiez hors de ma pensée, il me semble que je serais vide de tout, comme une figure de Benoît*.

Voilà une lettre que j'ai reçue de Monsieur de Marseille. Voilà ma réponse; je crois qu'elle sera à votre gré, puisque vous la voulez si franche et si sincère, et conforme à cette amitié que vous vous êtes jurée, *dont la dissimulation est le lien, et votre intérêt le fondement*. Cette période est de Tacite[1]; jamais je n'ai rien vu de si beau. J'entre donc dans ce sentiment, et je l'approuve, puisqu'il le faut.

À neuf heures du soir.

Je reviens fermer mon paquet, après m'être promenée aux Tuileries avec une chaleur à mourir et dont je suis triste, parce qu'il me semble que vous avez encore plus de chaud. Je suis revenue chez M. Le Camus, qui s'en va écrire à M. de Grignan en lui envoyant la réponse de M. de Vendôme. L'affaire du secrétaire n'a pas été sans difficulté. La civilité qu'a faite M. de Grignan était entièrement nécessaire pour cette année. Ce qui est fait est fait. Mais pour l'autre, il faut que, de bonne foi, M. de Grignan soit le solliciteur du secrétaire du gouverneur. Autrement, il paraîtrait que ce qu'a offert votre mari ne serait que

---

1. Comprendre : dans le style de Tacite (la citation n'a pas été identifiée).

des paroles ; il faut bien se garder de n'y pas conformer les actions. Il faut aussi captiver Monsieur de Marseille et lui faire croire qu'il est de vos amis, malgré qu'il en ait, et que ce sera lui qui sera votre homme d'affaires l'année qui vient. J'approuve la conduite que vous voulez avoir avec lui. Je vois bien qu'elle est nécessaire ; je le vois plus que je ne faisais.

Je reçois présentement votre lettre du 31 mars ; je n'ai point encore trouvé le moyen de les lire sans beaucoup d'émotion. Je vois toute votre vie, et je ne trouve que M. de Grignan qui vous entende. *Vous n'êtes donc point belle, vous n'avez guère d'esprit, vous ne dansez point bien ?* Hélas ! est-ce ma chère enfant ? J'aurais grand'peine à vous reconnaître sur ce portrait.

Je dirai à M. de La Rochefoucauld toutes les folies que vous dites sur les chanoines, et comme vous croyez que *c'est de là qu'on a nommé le dévot sexe féminin* [1]. Il y a plaisir à vous mander des bagatelles ; vous y répondez très bien, et je vous embrasse mille fois de me remercier de vos éventails en prenant part au plaisir que j'ai de vous les donner ; ce n'est que cela qui vous les doit rendre aimables. Ah ! ma bonne, faites que j'aie des trésors, et vous verrez si je me contenterai de faire avoir des pantoufles de natte à votre nourrice.

Mon cher Grignan, puisque vous trouvez votre femme si belle, conservez-la. C'est assez d'avoir chaud cet été en Provence, sans y être malade [2]. Vous croyez que j'y ferais des merveilles ; je vous assure

1. L'allusion n'a pas été identifiée.
2. C'est-à-dire enceinte.

que je ne suis pas au point que vous pensez là-dessus. La contrainte m'est aussi contraire qu'à vous, et je crois que ma fille fait mieux que je ne pourrais faire.

Mme de Villars et toutes celles que vous nommez dans vos lettres vous font tant d'amitiés que je ne finirais point si je les disais toutes; ce n'est pas encore aujourd'hui qu'on vous oublie.

Adieu, ma très aimable bonne. Vous me baisez et vous m'embrassez si tendrement! Pensez-vous que je ne reçoive point vos caresses à bras ouverts? Pensez-vous que je ne baise point aussi de tout mon cœur vos belles joues et votre belle gorge? Pensez-vous que je puisse vous embrasser sans une tendresse infinie? Pensez-vous que l'amitié puisse jamais aller plus loin que celle que j'ai pour vous?

Mandez-moi comme vous vous portez le 6ᵉ de ce mois. Vos habits si bien faits, cette taille si bien remplie dans son naturel, ô mon Dieu! conservez-la donc pour mon voyage de Provence. Vous savez bien qu'il ne vous peut manquer.

Je le souhaite plus que vous, mon cher Comte. Embrassez-moi, et croyez que je vous aime et que tout le bonheur de ma fille est en vous.

24. À MADAME DE GRIGNAN

À Paris, ce jeudi 9 avril 1671.

Voilà M. de Magalotti qui s'en va en Provence; je voudrais bien aller avec lui. Je ne sais s'il sentira bien le plaisir de vous voir; pour moi, j'y serais fort sensible. Le voilà qui se joue avec ma petite-fille. Il vous trouve fort honnête femme en la regardant; pour moi, qui trouve les Grignan fort beaux, je la trouve fort à mon gré. Je crois que vous serez aise de voir un homme de ce mérite, un homme du monde, un homme avec qui vous parlerez français et italien, si vous voulez; un homme dont les perfections sont connues de toute la cour; un homme enfin, un homme qui vous porte deux paires de souliers de Georget*.

Que puis-je encore vous dire? Il s'en va voir Mme de Monaco, et je parie que vous lui écrirez par lui. Il dit que, sans ma lettre, il ne serait jamais reçu de vous comme il le veut être; enfin il se moque de moi. Et moi, je l'envie, et je vous embrasse de tout mon cœur, mais sincèrement, et point du tout pour finir ma lettre.

25. À MADAME DE GRIGNAN

À Paris, vendredi 10 avril 1671.

Je vous écrivis mercredi par la poste, hier matin par Magalotti, aujourd'hui encore par la poste, mais hier au soir, je perdis une belle occasion. J'allai me promener à Vincennes, en famille et en Troche. Je rencontrai la chaîne des galériens[1] qui partait pour Marseille. Ils arriveront dans un mois; rien n'eût été plus sûr que cette voie. Mais j'eus une autre pensée;

1. Il y avait à Marseille un arsenal des galères où étaient envoyés les condamnés. Ils s'y rendaient à pied, depuis Paris, enchaînés les uns aux autres; la chaîne pouvait compter plusieurs centaines de personnes.

c'était de m'en aller avec eux. Il y a un certain Duval, qui me parut homme de bonne conversation. Vous les verrez arriver, et vous auriez été fort agréablement surprise de me voir pêle-mêle avec une troupe de femmes qui vont avec eux. Je voudrais que vous sussiez ce que m'est devenu le mot de Provence, de Marseille, d'Aix ; le Rhône seulement, ce diantre de Rhône, et Lyon, me sont de quelque chose. La Bretagne et la Bourgogne me paraissent des pays sous le pôle, où je ne prends aucun intérêt. Il faut dire comme Coulanges :

> *Ô grande puissance*
> *De mon orviétan !* [1]

Vous êtes admirable, ma bonne, de mander à l'Abbé de m'empêcher de vous faire des présents. Quelle folie ! Hélas ! vous en fais-je ? vous appelez des présents les *Gazettes* que je vous envoie. Un pouvoir au-dessus du sien m'empêche de vous en faire comme je voudrais, mais ni lui ni personne ne m'ôtera jamais de l'esprit l'envie de vous donner. C'est un plaisir qui m'est sensible, et dont vous feriez très bien de vous réjouir avec moi, si je me donnais souvent cette joie. Cette manière de me remercier m'a extrêmement plu.

Vos lettres sont admirables ; on jurerait qu'elles ne vous sont pas dictées par les dames du pays où vous êtes. Je trouve que M. de Grignan, avec tout ce qu'il vous est déjà, est encore votre vraie bonne compagnie ; c'est lui, ce me semble, qui vous entend. Conser-

---

1. L'un des remèdes les plus connus de la médecine de l'époque ; l'exclamation se trouve dans *L'Amour médecin* de Molière (acte II, sc. 7).

vez bien la joie de son cœur par la tendresse du vôtre, et faites votre compte que si vous ne m'aimiez pas tous deux, chacun selon votre degré de gloire, en vérité, vous seriez des ingrats. La nouvelle opinion, qu'il n'y a point d'ingratitude dans le monde, par les raisons que nous avons tant discutées, me paraît la philosophie de Descartes, et l'autre est celle d'Aristote. Vous savez l'autorité que je donne à cette dernière ; j'en suis de même pour l'opinion de l'ingratitude. Ceux qui disputent qu'il n'y en a pas, voudraient être juges et parties. Vous seriez donc une petite ingrate, ma bonne ; mais par un bonheur qui fait ma joie, je vous en trouve éloignée, et cela fait aussi que, sans aucune retenue, je m'abandonne d'une étrange façon à m'approuver dans les sentiments que j'ai pour vous.

Adieu, ma très aimable bonne ; je m'en vais fermer cette lettre. Je vous en écrirai encore une ce soir, où je vous rendrai compte de ma journée. Nous espérons tous les jours de louer votre maison ; vous croyez bien que je n'oublie rien de ce qui vous touche. Je suis sur cela comme les plus intéressés sont pour eux-mêmes.

Vendredi au soir 10 avril.

Je fais mon paquet chez M. de La Rochefoucauld, qui vous embrasse de tout son cœur. Il est ravi de la réponse que vous faites aux chanoines et au P. Desmares *. Il y a plaisir à vous mander des bagatelles ; vous y répondez très bien. Il vous prie de croire que vous êtes encore toute vive dans son souvenir. S'il apprend quelques nouvelles dignes de vous, il vous les fera savoir. Il est dans son hôtel de La Rochefoucauld, n'ayant plus d'espérance de marcher. Son château en Espagne, c'est de se faire porter dans les maisons, ou dans son carrosse pour prendre l'air[1]. Il parle d'aller aux eaux ; je tâche de l'envoyer à Digne, et d'autres à Bourbon. J'ai dîné en *Bavardin*, mais si purement que j'en ai pensé mourir. Tous nos commensaux nous ont fait faux bond ; nous n'avons fait que *bavardiner*, et nous n'avons point causé comme les autres jours. J'ai été chez Mademoiselle, qui est toujours malade.

Brancas versa, il y a trois ou quatre jours, dans un fossé. Il s'y établit si bien, qu'il demandait à ceux qui allèrent le secourir ce qu'ils désiraient de son service. Toutes ses glaces étaient cassées, et sa tête l'aurait été s'il n'était plus heureux que sage. Tout cette aventure n'a fait aucune distraction à sa rêverie. Je lui ai mandé ce matin que je lui apprenais qu'il avait versé, qu'il avait pensé se rompre le cou, qu'il était le seul dans Paris qui ne sût point cette nouvelle, et que je lui en voulais marquer mon inquiétude ; j'attends sa réponse.

Voilà Madame la Comtesse et M. de Briole, qui vous font trois cents compliments.

Adieu, ma très chère enfant ; je m'en vais fermer mon paquet. Je suis assurée que vous ne doutez pas de mon amitié ; c'est pourquoi je ne vous en dirai rien ce soir.

DE MADAME DE FIESQUE[2]

Madame la Comtesse ne peut pas voir une lettre qui vous va trouver sans y mettre quelque chose d'elle, quand ce ne serait qu'un compliment sur les cinq mille francs d'augmentation. De l'humeur dont vous la connaissez, vous jugez aisément qu'elle trouve un compliment mieux fondé sur les cinq mille

---

1. La Rochefoucauld souffrait de la goutte.
2. Cette amie de Mme de Sévigné joint à sa lettre quelques lignes où, par plaisanterie, elle parle d'elle-même à la troisième personne.

francs que sur cinq cent mille admirations et autant de harangues que vos perfections et vos dignités vous ont attirées.

26. À MADAME DE GRIGNAN

À Paris, dimanche 12 avril 1671.

Je vous écris tous les jours ; c'est une joie pour moi, qui me rend très favorable à tous ceux qui me demandent des lettres. Ils veulent en avoir pour paraître devant vous, et moi, je ne demande pas mieux. Celle-ci vous sera rendue par M. de... Je veux mourir si je sais son nom, mais enfin c'est un fort honnête homme qui me paraît avoir de l'esprit, que nous avons vu ici ensemble. Son visage vous est connu ; pour moi, je n'ai pas eu l'esprit d'appliquer son nom dessus.

N'allez pas prendre patron sur mes lettres ; ma bonne, je vous en ai écrit depuis peu d'infinies. Je n'ai que ce plaisir. Les vôtres sont d'une grandeur qui m'étonne déjà assez ; je ne sais quand je m'ennuierai en les lisant. Si M. de Grignan, qui dit qu'on ne peut aimer les longues lettres, avait jamais eu cette pensée quand il recevait les vôtres, je présenterais requête pour vous séparer, et j'irais vous ôter à lui, au lieu d'aller en Bretagne.

Je fus hier au soir brouillée avec Brancas pour avoir dit, à ce qu'il prétend, une grossièreté sur l'amitié, que personne n'entendit et que je ne sentis pas moi-même ; c'était le couronnement du crime. Il sortit dans une vraie colère. Ce sont des délicatesses incommodes ; je ne les ai pas pour lui, et ne les ai que trop pour une certaine beauté que j'aime plus que ma vie, et que j'embrasse de tout mon cœur.

Appendices

Principaux personnages cités

ARPAJON, Madame d' : relation avec laquelle Mme de Sévigné entretenait des rapports difficiles ; elle était au service de la reine.

BARRILLON, M. de : ambassadeur à Londres entre 1677 et 1689 ; il était amoureux de Françoise de Grignan.

BENOÎT, Antoine : sculpteur qui s'était notamment rendu célèbre par ses figures de cire.

BENSERADE, Isaac de : poète et académicien, librettiste de ballets dans lesquels sa fille avait dansé à la cour. Mêlé à diverses querelles littéraires, il fut toujours défendu par la marquise qui avouait ne rien priser tant que les vers de Benserade et les *Fables* de La Fontaine.

BOUCHER : célèbre chirurgien, régulièrement consulté.

BOURDALOUE, Louis : Bourdaloue prêchait à Notre-Dame ; ces prêches, admirables morceaux d'éloquence religieuse, étaient suivis avec ferveur et intérêt.

BUSCHE : cocher de Mme de Sévigné.

BUSSY-RABUTIN : Roger de Rabutin, comte de Bussy, cousin de Mme de Sévigné et l'un de ses plus fidèles correspondants ; auteur d'historiettes galantes, *Histoire amoureuse des Gaules*, il avait été condamné à l'exil à la suite de leur publication en 1665.

CANET, Mme du : amoureux d'elle, le duc de Vendôme avait décoré une chambre de son château à son intention ; elle mourra du « pourpre », sorte de rougeole, jugée très contagieuse ; « la Canette » sert aussi à la désigner.

Coadjuteur, M. le : Jean-Baptiste-Adhémar de Grignan, frère du comte de Grignan, coadjuteur de l'archevêque d'Arles ; il est régulièrement appelé « Seigneur Corbeau ».

Colbert, Jean-Baptiste : responsable de la chute de Foucquet, il était l'un des grands hommes d'état du règne de Louis XIV.

Condé, Louis, prince de : héros de la Fronde une vingtaine d'années auparavant, à la tête d'une armée considérable, le prince de Condé souhaitait rentrer en grâce et mettre son armée au service du roi pour ses guerres de Hollande ; en avril 1671, il offrit à son hôte des fêtes exceptionnelles dans sa propriété de Chantilly.

Condom, M. de : Jacques-Bénigne Bossuet, alors évêque de Condom.

Corbinelli : ami intime de Bussy-Rabutin et du cardinal de Retz ; il était une sorte de factotum de la marquise qui appréciait beaucoup son esprit.

Coulanges, abbé de : Christophe de Coulanges, abbé de Livry, oncle avec lequel Mme de Sévigné était régulièrement en froid à cause de querelles d'argent.

Coulanges, Philippe-Emmanuel de : élevé avec la marquise, sa cousine, il sera toute sa vie l'un de ses correspondants privilégiés ; il était l'auteur de *Chansons*.

Desmares, Marie : célèbre actrice, femme de l'acteur Champmeslé, connue sous le nom de La Champmeslé. Elle était liée à Charles de Sévigné mais aussi à Jean Racine dont elle était l'interprète.

Desmares, P. : célèbre prédicateur.

Despréaux : l'homme de lettres Nicolas Boileau, ami de Charles de Sévigné.

Deville : domestique de Mme de Sévigné.

Fiesque, Mme de : souvent appelée « la comtesse », amie de la marquise et de son cousin Rabutin.

GEORGET : célèbre cordonnier.

GOLIER : domestique de Mme de Sévigné.

GRIGNAN, M. de : François-Adhémar de Monteil, comte de Grignan, d'une très ancienne famille noble de Provence. Deux fois veuf, père de deux filles, jouissant d'une excellente réputation mais à peu près ruiné, il sera nommé lieutenant général du roi en Provence juste après son mariage et passera la plus grande partie de sa vie à Grignan, dans le château où il était né. Son contrat de mariage avec Françoise de Sévigné avait été signé le 27 janvier 1669 ; le mariage avait eu lieu deux jours plus tard, à Paris, à Saint-Nicolas-des-Champs. Il avait quatre frères (Jean-Baptiste-Adhémar, coadjuteur, Charles et Joseph, chevaliers, Louis, abbé de Grignan) et une sœur (Mme de Rochebonne).

GUÉNÉGAUD : avec son mari, trésorier de l'épargne, Mme de Guénégaud vivait à Moulins dans un demi-exil suite à la disgrâce de Foucquet.

GUETON, Mme : propriétaire de la maison louée à Mme de Sévigné rue de Thorigny et mère de l'abbé que Françoise de Grignan rencontrera à Lyon.

GUITAUT : le comte et la comtesse de Guitaut, exilés sur leurs terres à la suite d'une querelle d'intérêt avec le prince de Condé, propriétaires du château d'Époisses, où Mme de Sévigné, qui possédait une terre non loin de là, à Bourbilly, résida plusieurs fois ; elle était en commerce épistolaire régulier avec eux.

HACQUEVILLE d' : abbé et conseiller du roi ; il était très lié à Mme de Sévigné et au cardinal de Retz, qu'il avait représenté à la signature du contrat de mariage de sa fille.

HAROUYS, M. d' : trésorier des états de Bretagne, ami de Mme de Sévigné ; il lui avait prêté de l'argent pour l'établissement de sa fille.

IRVAL, d' : beau-frère de Mme de Grignan.

La Rochefoucauld, François, duc de : ami de longue date de Mme de Sévigné qu'il avait fréquentée à l'hôtel de Sablé (ses célèbres *Maximes* avaient été publiées pour la première fois en 1665).

La Troche, Mme de : femme d'un conseiller du Parlement de Rennes ; elle était très liée à Mme de Sévigné qui l'appelait parfois « Trochanire ».

La Trousse, Mme de : tante de Mme de Sévigné.

La Vallière, Louise de la Baume Le Blanc, duchesse de : maîtresse du roi depuis 1662, elle avait alors pour rivale Mme de Montespan ; indécis, le roi tentait de la dissuader d'entrer au couvent.

La Vienne : célèbre barbier qui venait d'obtenir une des charges de barbier du roi.

Lafayette, Mme de : Marie-Madeleine Pioche de la Vergne, épouse du comte de Lafayette, amie de longue date de Mme de Sévigné, auteur de romans dont le plus célèbre est *La Princesse de Clèves* (1678). Elle avait composé un *Portrait de Mme de Sévigné* en 1659.

Langlade : secrétaire du duc de Bouillon, ami de La Rochefoucauld et de Mme de Sévigné.

Lauzun, Antonin Nompar de Caumont, duc de (1633-1723) : d'abord prétendant malheureux de Mademoiselle, il finira par l'épouser secrètement en 1681.

Lavardin, Mme de : cette marquise, amie de longue date, alimentait Mme de Sévigné en nouvelles concernant leurs nombreuses relations communes ; celle-ci faisait volontiers des jeux de mots sur son nom et sur sa faconde, parlant de « lavardinage », de « bavardin » et de « bavardinage ».

Lenclos, Ninon de : célèbre courtisane qui, après avoir été la maîtresse d'Henri de Sévigné, devint, à cinquante ans, celle de son fils ; elle occupait une place considérable dans le monde malgré le blâme attaché sur sa conduite.

Lude, M. de : grand maître d'artillerie, résidant à l'Arsenal. Mme de Sévigné était très liée avec sa femme.

MADEMOISELLE : fille de Gaston d'Orléans, cette cousine du roi avait été sur le point d'épouser Lauzun, mais le mariage avait manqué; Segrais, qui était à son service depuis des années, et Guilloire, son médecin, furent chassés au prétexte qu'ils avaient travaillé à l'empêcher de revoir Lauzun.

MAILLANE, Mme de : épouse du marquis de Maillane, appartenant à une vieille famille dévouée aux Grignan.

MARANS, Mme de : femme de l'entourage de Mme de Sévigné avec laquelle celle-ci entretenait des rapports difficiles.

MARSEILLE, M. de : M. Forbin-Janson, évêque de Marseille.

MASCARON, Jules : futur évêque de Tulle; il prêchait alors le carême dans la paroisse fréquentée par Mme de Sévigné, à Saint-Gervais.

MAZARIN, Mme de : le cardinal de Mazarin avait légué son nom et sa fortune à Armand-Charles de la Meilleraye à condition qu'il épouse sa nièce, Hortense de Mazarin, née à Rome. Le mariage fut un échec et les époux se séparèrent avec l'accord du roi.

MONTESPAN, marquise de : Françoise Athénaïs de Rochechouart de Mortemart; elle était alors la maîtresse du roi.

MONTMORENCY, Henry de : il avait été décapité à Toulouse suite à sa rébellion contre Louis XIV; sa femme lui avait fait élever un mausolée dans les jardins du monastère de la Visitation à Moulins.

OPPÈDE, Henri d' : conseiller au parlement d'Aix, il avait en Provence un pouvoir considérable et il était utile de le ménager.

PECQUET : médecin renommé, ami de la famille.

PUISIEUX, Mme de : amie de Mme de Sévigné, elle avait signé au contrat entre le comte de Grignan et Françoise de Sévigné.

RAYMOND, Mme de : célèbre cantatrice ; Charles de Sévigné la fréquentait.

RETZ, Paul de Gondi, cardinal de (1613-1679) : grande figure de la Fronde, retiré à l'abbaye de Saint-Denis à partir de 1662. Commencés en 1671, ses Mémoires devaient constituer un document exceptionnel sur les troubles qui avaient agité le pays.

RIPPERT : Jean de Rippert de Lauzier avait été à Lyon au-devant de Françoise de Grignan.

ROBINET, Mme : sage-femme.

SAISSAC, comte de : Louis de Guilhem, abbé et maître de la garde-robe du roi (il rentrera en grâce en 1675).

SCARRON, Mme : Françoise d'Aubigné, femme du poète Scarron mort en 1660, future Mme de Maintenon. Mme de Sévigné et Mme de Lafayette avaient fréquenté sa société (elle sera bientôt nommée gouvernante des enfants du roi et de Mme de Montespan, qu'elle supplantera).

SCHOMBERG, Mme de : elle avait inspiré à Louis XIII une grande passion et habitait la même maison que Mme de Marans.

SCUDÉRY, Madeleine de : comme Mme de Sévigné, cette femme de lettres fréquentait l'hôtel de Rambouillet ; son propre salon avait la réputation de réunir les beaux esprits, ce que la marquise raille.

SEGRAIS, Jean Regnault de : poète et académicien, proche de Mme de Lafayette. Mademoiselle le tenait pour l'un des responsables de l'éloignement de Lauzun.

TÊTU, Jacques : homme de lettres et académicien.

VAUVINEUX, Mme de : voisine de Mme de Sévigné rue de Thorigny, parfois appelée « Vauvinette ».

Éléments biographiques

1626. Naissance à Paris, place Royale, de Marie de Rabutin-Chantal. Son père, d'ancienne noblesse bourguignonne, est tué l'année suivante dans une
expédition contre les Anglais à l'île de Ré. Son
grand-père maternel, Philippe Ier de Coulanges, lui
sert de tuteur.

1633. Mort de Mme de Rabutin-Chantal. Sa fille est
recueillie par ses grands-parents maternels, puis, à
la mort de ceux-ci, par leur fils, Philippe II de Coulanges ; elle habite tour à tour le château de Sucy ou
l'abbaye de Livry (Christophe de Coulanges en est
abbé) ; elle apprend l'espagnol, l'italien et un peu de
latin ; ses maîtres sont les écrivains Chapelain et
Ménage.

1644. Mariage à Paris de Marie de Rabutin-Chantal avec
Henri de Sévigné, né en 1623, maréchal de camp et
parent du cardinal de Retz. On le dit querelleur,
dépensier, séduisant et volage.

1646. À vingt ans, Mme de Sévigné accouche d'une fille,
Françoise-Marguerite (elle mourra en 1705).

1648. Naissance de Charles de Sévigné (il mourra en
1713). Mme de Sévigné fréquente les salons de
Mmes de Rambouillet, Sablé et Longueville ; elle y
rencontre de nombreux hommes de lettres parmi
lesquels La Rochefoucauld, Corneille, Guez de Bal-
zac, Voiture et Benserade ; elle se lie d'amitié avec
Mlle de Scudéry et Mme de Lafayette.

1650. Henri de Sévigné achète le gouvernement de Fougères avec l'argent de sa femme. La famille quitte Paris pour la Bretagne sur fond d'agitation politique : les figures majeures de la Fronde, les princes de Condé et Conti, ont été arrêtés ; d'autres, telle la duchesse de Longueville, se sont réfugiés sur leurs terres.

1651. Henri de Sévigné meurt des suites d'un duel avec le chevalier d'Albret à propos de sa maîtresse, Mme de Gondran. Mme de Sévigné se retire dans sa propriété de Bretagne, aux Rochers (à quelques kilomètres de Vitré), où elle fera ensuite de longs et fréquents séjours.

1652. On conserve fort peu de lettres écrites par Mme de Sévigné ou adressées à elle avant cette date (la première lettre conservée, que lui adresse son cousin, date de 1648). En dehors de Bussy-Rabutin avec lequel l'épistolière est engagée dans un commerce piquant, aux accents parfois galants, ses correspondants d'alors sont des hommes de lettres, Gilles Ménage (qu'elle a connu à l'abbaye de Livry) et Paul Scarron.

1664. La disgrâce de Foucquet, surintendant des finances de Louis XIV, propriétaire du château de Vaux-le-Vicomte et ami intime de Mme de Sévigné, son procès puis sa condamnation à la prison à vie font l'objet de longues lettres à Simon de Pomponne, diplomate et ministre, qui se trouve alors en disgrâce. « Y a-t-il rien au monde de si horrible que cette injustice ? » (25 décembre).

1665. Publication subreptice de l'*Histoire amoureuse des Gaules* de Bussy-Rabutin, tableau à peine voilé des intrigues sentimentales de la cour de Louis XIV. Le volume contient un portrait assez cruel de Mme de Sévigné, qui ne dissimule pas à son cousin son vif déplaisir : « Être dans les mains de tout le monde, se trouver imprimée, être le livre de divertissement de toutes les provinces, où ces choses-là font un tort irréparable, se rencontrer dans les bibliothèques, et recevoir cette douleur par qui ? Je ne veux pas vous étaler davantage mes raisons » (26 juillet, à Bussy-Rabutin). D'abord emprisonné à la Bastille pendant treize mois et déchu de sa charge militaire, l'auteur sera ensuite exilé dans ses terres de Bourgogne jusqu'en 1682.

1669. Mariage en janvier à Paris de Françoise-Marguerite de Sévigné et de François-Adhémar de Grignan, âgé de quarante ans, marié deux fois et père de deux filles. Quelques mois plus tard, il est nommé lieutenant général du roi en Provence.

1670. En avril, départ pour la Provence du comte de Grignan. Il s'installe dans le village de la Drôme qui l'a vu naître et dont il porte le nom ; il habite l'imposante forteresse construite à la Renaissance qui surplombe le village ; avec sa famille, il y passera la plus grande partie de sa vie et y mourra en 1714. À Paris, il a laissé sa femme, enceinte, en compagnie de sa mère. Marie-Blanche de Grignan naît en novembre.

1671. En février, départ de Mme de Grignan qui s'en va rejoindre son mari en Provence. Elle a confié sa fille à Mme de Sévigné. Cette première séparation marque le véritable début de la correspondance de Mme de Sévigné avec sa fille. Durant l'été, alors qu'elle se trouve aux Rochers, Mme de Sévigné assiste aux états de Bretagne et en dresse un portrait assez moqueur. En novembre, naissance à Grignan de Louis-Provence : « La jolie chose d'accoucher d'un garçon, et de l'avoir fait nommer par la Provence ! [...] Ma fille, je vous remercie plus de mille fois des trois lignes que vous m'avez écrites ; elles m'ont donné l'achèvement d'une joie complète » (29 novembre).

1672. En juillet, Mme de Sévigné se rend à Grignan pour la première fois, en compagnie de sa petite-fille. Elle y demeure jusqu'en octobre de l'année suivante. « Mon cœur est en repos quand il est auprès de vous, écrit-elle à sa fille alors qu'elle regagne Paris ; c'est son état naturel, et le seul qui peut lui plaire. [...] J'ai le cœur et l'imagination tout remplis de vous » (5 octobre 1673).

1674. En février, Mme de Grignan arrive à Paris ; elle accouche d'une fille, Pauline, et ne regagne la Provence qu'en mai 1675. « Mon Dieu ! ma bonne, que je m'accoutume peu à votre absence ! J'ai quelquefois de si cruels moments, quand je considère comme nous voilà placées, que je ne puis respirer et, quelque soin que je prenne de détourner cette idée, elle revient toujours » (3 juillet 1675).

1675. Soulèvements paysans en Bretagne ; ils sont sévèrement réprimés. « Nos pauvres bas Bretons, à ce que je viens d'apprendre, s'attroupent quarante, cinquante par les champs, et dès qu'ils voient les soldats, ils se jettent à genoux et disent *mea culpa* : c'est le seul mot de français qu'ils sachent [...]. On ne laisse pas de pendre ces pauvres bas Bretons. Ils demandent à boire et du tabac, et qu'on les dépêche [qu'on les exécute] » (24 septembre, à Mme de Grignan). Dans *Portraits de femmes*, Sainte-Beuve se déclarera choqué du ton badin avec lequel Mme de Sévigné traite d'une répression particulièrement brutale.

1676. Mme de Grignan séjourne à Paris de décembre à juin de l'année suivante (elle accouche d'un fils, Jean-Baptiste, qui mourra à l'âge d'un an et demi).

1677. Mme de Sévigné s'installe à l'hôtel Carnavalet qu'elle habitera pendant treize ans. Mme de Grignan vient la rejoindre à Paris en novembre. Elle repartira en Provence en septembre 1679. « Le moyen, ma bonne, de vous faire comprendre ce que j'ai souffert ? Et par quelles sortes de paroles vous pourrais-je représenter les douleurs d'une telle séparation ? Je ne sais pas moi-même comme j'ai pu la soutenir » (13 septembre 1679).

1680. En décembre, retour de Mme de Grignan à Paris. Cette fois, elle ne repartira en Provence qu'en 1688.

1684. En février, après bien des liaisons commentées et déplorées par sa mère, Charles de Sévigné épouse Jeanne-Marguerite de Mauron, d'une très riche famille de Bretagne (le couple n'aura pas de descendance). En septembre, Mme de Sévigné quitte sa fille pour aller régler quelques affaires en Bretagne. « Tant pis pour vous, ma fille, si vous ne relisez pas vos lettres ; c'est un plaisir que votre paresse vous ôte, et ce n'est pas le moindre mal qu'elle puisse vous faire. Pour moi, je les lis et je les relis ; j'en fais toute ma joie, toute ma tristesse, toute mon occupation. Enfin vous êtes le centre de tout et la cause de tout » (26 novembre).

1687. Souffrant de rhumatismes, Mme de Sévigné se rend aux eaux à Bourbon et quitte sa fille pour deux mois. « Vous voulez savoir de mes nouvelles, elles sont tout à fait bonnes. Il y a deux jours que je prends les eaux. Elles sont douces et gracieuses et fondantes ; elles ne me pèsent point. J'en fus étonnée et gonflée le premier jour, mais aujourd'hui je suis gaillarde » (25 septembre).

1688. En octobre, Mme de Grignan regagne enfin la Provence.

1690. En octobre, pour la deuxième fois, Mme de Sévigné rejoint sa fille à Grignan où elle va passer plusieurs mois. « Ma fille est aimable comme vous le savez ; elle m'aime extrêmement. M. de Grignan a toutes les qualités qui rendent la société agréable. Leur château est très beau et très magnifique. Cette maison a un grand air ; on y fait bonne chère et on y voit mille gens » (12 juillet, à Bussy-Rabutin).

1693. Mort de Bussy-Rabutin.

1694. Mme de Sévigné retourne à Grignan qu'elle ne quittera plus. Elle demeure en commerce épistolaire avec ses amis de toujours. « Je partis le 11e de mai, j'arrivai à Lyon le onzième jour, je m'y reposai trois jours, je m'embarquai sur le Rhône, et je trouvai le lendemain, sur le bord de ce beau fleuve, ma fille et M. de Grignan, qui me reçurent si bien et m'amenèrent dans un pays si différent de celui que je quittais et où j'avais passé, que je crus être dans un château enchanté » (20 juillet, à Mme de Guitaut).

1695. En janvier, mariage de Louis-Provence de Grignan avec Anne-Marguerite de Saint-Amans, fille d'un fermier général (la famille y voit une alliance financièrement avantageuse), suivi de celui de sa sœur Pauline en novembre avec Louis de Simiane.

1696. Mort à Grignan de Mme de Sévigné le 17 avril. Sa dernière lettre conservée, datée du 29 mars, est adressée à l'un de ses plus anciens correspondants, son cousin Coulanges. «Avouez, Madame, que ce n'est point une grand-mère que vous pleurez; pour moi, je ne pleure pas une cousine germaine; mais nous pleurons assurément la plus aimable amie qui fut jamais, et la plus digne d'être aimée» (Philippe-Emmanuel de Coulanges à Pauline de Simiane).

1725. Première édition subreptice de vingt-huit lettres de Mme de Sévigné à sa fille. Au fil des éditions, la réputation de l'épistolière croît; ses portraits gravés se multiplient.

1737. Mort de Pauline de Simiane. Le château de Grignan et tout ce qu'il contient sont vendus pour payer les dettes considérables de la famille.

1793. Le 13 septembre, parce que le Comité de salut public ordonne la réquisition des métaux, le caveau de famille des Grignan est ouvert. Les quelques personnes présentes s'emparent de morceaux de robe, de mèches de cheveux, de dents et de côtes de Mme de Sévigné, comme elles le feraient de reliques (elles sont conservées au musée Carnavalet).

Repères bibliographiques

Correspondance, éd. Roger Duchêne, Paris, Gallimard,
«Bibliothèque de la Pléiade», 1972-1978, 3 vol. [cette
édition de référence, qui comprend également de nombreuses lettres de correspondants de la marquise,
compte au total 1 372 lettres; celles-ci couvrent une
période qui s'étend du 27 mars 1646 au 6 avril 1696].
Lettres choisies, éd. de Roger Duchêne, Paris, Gallimard,
«Folio classique», 1988, n° 1935.

Sur Madame de Sévigné

BERNET, Anne, *Madame de Sévigné : mère passion*, Paris,
Perrin, 1996.
BRUSON, Jean-Marie et al., *L'ABCdaire de Mme de Sévigné
et du Grand Siècle*, Paris, Flammarion, 1996.
BRUSON, Jean-Marie et Anne Forray-Carlier, *Madame de
Sévigné*, Paris, Paris-Musées et Flammarion, 1996 [ca-
talogue de l'exposition du musée Carnavalet; nombreux
documents iconographiques].
DUCHÊNE, Jacqueline, *Françoise de Grignan ou le mal
d'amour*, Paris, Fayard, 1985.
DUCHÊNE, Roger, *Réalité vécue et art épistolaire : Mme de
Sévigné et la lettre d'amour*, Paris, Klincksieck, 1992
[1970].

—, « *Chère Mme de Sévigné* », Paris, Gallimard, « Découvertes », 1995.

—, *Naissances d'un écrivain : Madame de Sévigné*, Paris, Fayard, 1996.

—, *Madame de Sévigné ou La Chance d'être femme*, Paris, Fayard, 2002 [1982].

FARRELL, Michèle Longino, *Performing Motherhood : the Sévigné Correspondence*, Hanover (New Hampshire), University Press of New England, 1991.

LESSANA, Marie-Madeleine, *Entre mère et fille : un ravage*, Fayard, 2000 [sur Mme de Sévigné et sa fille, p. 21-115].

TRÉZIN, Christian, « *Un palais d'Apollidon* », *Le Château de Grignan de 1516 à 1776*, Bourg-lès-Valence, Publication du Conseil général de la Drôme, 1996.

COLLECTION FOLIO 2 €

Composition Bussière
Impression Novoprint
à Barcelone, le 28 octobre 2019
Dépôt légal : octobre 2019
1ᵉʳ dépôt légal dans la collection : février 2009

ISBN 978-2-07-037957-6/Imprimé en Espagne.